AF496752

Reimann / Der Floh

Hans Reimann

Der Floh

Skizzen aus Kriegszeit

München 1918 bei Georg Müller

Der Floh

Das ist ein unbestreitbarer Vorteil, den uns der Krieg eingetragen hat, daß man öffentlich und ungescheut über Ungeziefer reden darf.

Nun ist es zwar nach wie vor kein Charakterdefekt, einen Floh zu haben und darüber zu reden, indessen eine kitzlige Sache ist es doch.

Ein jeder von uns hat Flöhe gehabt, ob er es eingesteht, ob nicht. Und wir alle werden — Große wie Kleine — von diesen bösen Tierchen heimgesucht, der eine mehr, der andere weniger. Angeblich jene am schlimmsten, denen „süßes" Blut in den Adern rollt.

Ein Onkel von mir war zuckerkrank — sein Zucker verzinste sich mit viereinhalb Prozent — und ist nie in seinem Leben von einem Floh geplagt worden. — Ich selbst mit meinem nachweislich säuerlichen Blute wirke über das begreifliche Maß anziehend auf Flöhe.

Dies nebenbei.

Nun ist es allerdings sehr leicht zu bewerkstelligen, in den Besitz eines Flohes zu gelangen und sich pieken zu lassen — — außerordentlich schwierig dagegen scheint es mir, einen zu fangen und zu knicken.

Reimann, Der Floh

Verworfen und listig, wie Flöhe sind, pieken sie nämlich mit Vorliebe des Nachts, und nachts pflegt es dunkel
zu sein, und da muß man Licht anzünden, und da sind
natürlich keine Streichhölzer zu finden, und da stößt man
sich das Schienbein blutig.

Im Felde vollends ist es etwas Häßliches um Flöhe,
und man weiß nicht, ob es unerquicklich ist, einen Floh
oder ihrer eine ganze Schar zu haben. Hat man einen
einzigen, so konzentriert sich alle Aufmerksamkeit, alle Unlust, alle Wut auf ihn, und man genießt keine ruhige
Minute — — hat man viele Flöhe, so fällt der einzelne
nicht auf, und es verlohnt nicht, sich zu kratzen.

Einen aufzulesen, ist Kinderspiel.

Einen zu fangen, Männerarbeit.

Das Regiment lag unten in Galizien, und die erste
Kompanie war im Ausgange eines Dorfes untergebracht.

Der ersten Kompanie gehörte der Leutnant Knöllinger an, und der hatte sich in einer beinahe sauberen
Bauernstube häuslich niedergelassen.

Die Fenster der Stube lagen nach der Dorfstraße hinaus,
und gegenüber wiegten sich stämmige Obstbäume im Winde.

Der Leutnant Knöllinger hatte schon seit frühem Morgen unter einem Floh zu leiden, doch bot sich keine Gelegenheit, in Zurückgezogenheit ein ernstes Wort mit ihm
zu sprechen. Knöllinger hatte nicht Zeit für sich.

Bis zum Abend. Aber da stach ihn der Floh nicht mehr.

Knöllinger ließ sich ein paar Eier kochen — für heute war er fertig — rasierte sich, putzte die Zähne, schrieb einen Brief, las, und weil der Abend friedlich war und linde, öffnete Knöllinger ein Fenster und guckte hinaus auf die Straße.

Ei, schau: in dem Garten gegenüber — auf dem Kirschbaume — saß ein Mädel und baumelte mit den Beinen und spuckte Kirschkerne nach den Spatzen. Wie alt es war? Knapp sechzehn. Und ob es hübsch war?

Donnerwetter, sehr hübsch war es! Ein süßes Gesichtel, voll und rundlich, und blonde Zöpfe und alles das, was addiert einen sogenannten reizenden Käfer ergibt.

Das Mädel tat, als sähe es den Leutnant nicht.

Dabei hatte der Fratz durch die Fenster hindurch unablässig in des Leutnants Stube gelugt, jaja!

Und die Fenster hatten weder Gardinen noch Vorhänge! — Knöllinger schloß das Fenster.

Er hatte keine Lust zu Liebeleien, und müde war er außerdem.

Er legte sich zu Bett.

Es dunkelte, und er schlief ein.

— — —

Zwei Stunden mochten verstrichen sein, da wachte er auf.

Es stach ihn etwas! Es juckte!!

Verflucht, der Floh!

Knöllinger, sich ermunternd, beschloß, auf der Stelle und radikal gegen das Tier vorzugehen.

Er zündete die Azetylenlampe, die der Bursche für=sorglich bereitgestellt hatte, an — sie stand neben dem Bette auf einem Stuhl — und zog das Hemd aus.

Im Hemde war er nicht, der Floh.

Schön. Gefangen wird er aber trotzdem werden.

Und Knöllinger, fasernackt wie er ist, die strahlende Lampe neben sich, greift zu einem Buche und liest.

Er nimmt sich vor, so lange zu lesen, bis der Floh kommt.

Was ein Soldat sich vornimmt, führt er durch, und sei es noch so knifflich.

Die Nacht ist kühl, und draußen liegt die Straße still und stockfinster.

Die Menschen ruhn. Ein einsamer Leutnant wacht und lauert auf den Floh.

Er lauert lange. Und liest und liest.

Bis ihm ein braunes Pünktchen, ha, auf den Fuß hupft und daselbst sitzen bleibt.

Pfatsch! greift der Leutnant plötzlich zu — hurra: er hält das Biest zwischen Daumen und Zeigefinger fest!

Jetzt springt er aus dem Bette, tanzt jubilierend durch das Zimmer — zu dem Platze, wo das Waschgefäß steht

— erſäuft das Biest — — und, um das Maß voll zu machen, quetſcht er es mit einem Löffelſtiele breit.

Und ſchließlich, um ganz ſicher zu gehen, fiſcht er das breitgewordene Tier heraus und ſchleudert es durch das offene Fenſter auf die Straße hinaus.

Dann ſtellt er die Lampe aufs Fenſterbrett und puſtet ſie aus.

Und dann zieht er ſein Hemd wieder an und klettert ins Bett.

In dieſem Augenblicke — in dieſem Augenblicke kichert hell eine Mädchenſtimme dicht vorm Fenſter, — — ein paar Schritte trappen, — — eine Tür ſchließt, — und es iſt wieder ſtill.

*

Wolle

Das war im Juli, im sommerlichen Juli, wo es die Sonne nicht heiß genug kriegen konnte.

Wir waren in Ruhe und faulenzten uns aus.

Dösig und marode lag die Kompanie unter Zeltplanen. Nur die beiden Köche hantierten an der Gulaschkanone.

Ihre Rufe weckten die Schläfer: Siehe denn, es rumpelte unser Bauernwagen, der die Liebesgaben geholt hatte, schwerbeladen um die Ecke.

Die Liebesgaben!

Der tote Platz war mit einem Male voller Leben. Ein Operettenregisseur wird das Finale des zweiten Aktes nicht bewegter gestalten können: Wogen, Hasten, Schieben, Stoßen, Puffen; Pfeifen, Singen, Trillern, Jubeln, Johlen.

Der Wagen war im Husch umringt von Menschen, die Offiziere mitten in dem Schwarm. Und aller Herzen voll Neugier, Frohsinn, Wünsche.

Nun ging es an ein Auspacken!

Und aus den Kisten quollen:

Leibbinden, Pulswärmer, Strickjacken, Kopfschützer, Handschuhe, Müffchen, Wollhemden, Unterhosen und abermals Kopfschützer und Leibbinden und noch einmal Kopfschützer und Ohrenklappen.

Die Kisten waren leer. Uns rann der Schweiß über die enttäuschten Gesichter.

———

Fünf Minuten später stand der Wagen verlassen.

Ein freudloser Anblick.

Die Kisten unter stillen Bäumen — und ringsherum ein wollenes Tohuwabohu: unzählige Strickjacken und Leibbinden und Kopfschützer und Strümpfe, dick wie Walfischhaut.

Und ein Stück abseits schlummern — als wäre nichts geschehen — dösig und marode und wie begossen die mit Liebesgaben reich bedachten Krieger.

Das war im Juli, im sommerlichen Juli, an einem Tage, wo es die Sonne nicht heiß genug kriegen konnte.

*

Alarm

Seit zehn Tagen hauste der Sergeant Köhler in einer
Scheune.

Er schlief auf feuchtem Heu und schimpfte allmorgens
über die Ohrenkriecher, von denen es in der Scheune
wibbelte und kribbelte.

Am elften Tage sah man ihn Bretter schleppen und
mit Beil und Hammer hantieren, und richtig und ehrlich, er zimmerte sich hoch oben im Gebälk eine Lager-
stätte, die ihm Gewürm wie Feuchtigkeit vom Leibe halten würde. Zwar mußte er auf einer klapperigen Leiter
hinaufklettern, aber das Pfühl war derart sauber und
behaglich, daß der Sergeant die übelsten Widrigkeiten in
Kauf genommen hab en würde.

Aus zwei Säcken hatte er eine Matratze genäht und
mit Häcksel gefüllt. Ein weiches, wohliges Kopfkissen —
rgendwo „gefunden" — erhöhte den Reiz der Schlum-
merstatt, und als Sergeant Köhler probeweise ein Nach-
mittagsschläfchen pflog, fühlte er sich über die Maßen
ufrieden.

Aber leider schlich sich eine leise Unruhe in die Zu-
riedenheit.

Denn es war, seit er im Felde stand, stets und stets so zugegangen: kaum hatte man sich gemütlich niedergelassen und sich ein schönes Lager bereitet, da wurde aufgebrochen und weitermarschiert.

Köhler kannte das.

Erst im letzten Quartier: drei Wochen hatte er auf dem Fußboden gelegen. Als er sich aufraffte und ein Bett baute und das erste Mal drin schlafen wollte — da gings fort.

Er erhob sich mit einem Zwiespalt in der Brust, hoffte jedoch im stillen zu Gott, daß ihm der Genuß des im Schweiße Erzimmerten gegönnt würde.

Aber er machte sich die Gnade des Himmels nicht hinreichend glaubhaft und brach geradezu mißmutig auf, Eier zu erstehen für ein Abendbrot.

Es hing etwas in der Luft.

Die Dorfstraße wies ein unruhiges Gesicht, die Rauchwolken kräuselten nervös, und selbst das Bellen der Hunde klang beziehungsvoll und schaurig-wissend.

Es hing etwas in der Luft.

Köhler zog von Hütte zu Hütte und erhandelte Summa Summarum sieben Eier. Die wollte er sich weich kochen, verzehren und sich sodann satt und zufrieden in sein prächtiges Lager verkrauchen.

Er zerstreute geflissentlich alle Bedenken und trüben Ahnungen und schritt einigermaßen wohlgemut seiner Scheune zu.

Es dämmerte.

Keine fünf Minuten war Köhler unterwegs, da drang der Ton der Trompete an sein Ohr.

Alarm!

Köhler fluchte grimmig und schlug den Weg zu seinem Quartiere ein.

Wer die galizischen Dörfer kennt und weiß, wie sie sich strecken, der mag sich einen Begriff machen, wie weit der gute Sergeant zu laufen hatte, wenn er ein Dutzend Gehöfte nach Eiern abgesucht hatte und am entgegengesetzten Ende logierte.

Der Trompeter begab sich unterdessen von Gehöft zu Gehöft und blies.

Es ward überall lebendig, und dem Trompeter kam seine Wichtigkeit voll zum Bewußtsein, also, daß er erschrecklich laut zu blasen sich abmühte.

Aber er hatte seit langer Zeit nichts hören lassen, und die Trompete gab die rechten Töne nicht gutwillig her. „Galopp" wollte der Mensch tuten, und eine Art „Futterschütten" drang heraus.

Köhler achtete der Komik des furchtbar arbeitenden Trompeters nicht — — — er stürzte nach seiner Scheune, stülpte den Helm auf, schnallte das Koppel um, pfropfte die Taschen voll mit Zigarren, Bürsten, Taschentüchern und Waschzeug und eilte, sein Pferd fertig zu machen.

Das stand im Stalle dicht beineben.

Es war rasch gesattelt und gezäumt — die ersten Reiter trabten die Dorfstraße entlang — — nun galt es, die Packtaschen zu füllen.

Allmählich dunkelte es.

In die linke alle Wäsche, die herumlag, die Drillichjacke, das Briefpapier, das Wörterbuch, das Eßbesteck und einen Stiefel.

Der andere war nicht zu finden.

Gott mochte wissen, wo der stak.

Im Heu?

Im Heu war nichts.

Halt, das Rasierzeug — — hinein in die Packtasche!

So, die war angefüllt zum Bersten.

Und jetzt die rechte — ha! Der Kochtopf und der kleine Aluminiumtopf, beide für Köhlers Wohlbefinden unumgänglich nötig!

Also: zunächst — — in aller Hast — — den großen Topf in die linke Packtasche gezwängt, dann den kleinen hineingesetzt und in diesen den Trinkbecher gelegt.

Es dunkelte mehr und mehr.

Doch die Scheune war längst noch nicht geräumt. Da lagen Töpfe herum und Teller und Gefäße und Tiegel und wollten mitgenommen sein.

Sie wanderten alle in die Kiste, in Köhlers Eßkiste.

(Draußen trabten ununterbrochen die Reitersleute vorüber.)

Ein Topf mit ausgebratenem Fett, ein Gefäß mit Marmelade — der unausbleiblichen, alltäglich froh begrüßten —, eine Büchse mit Kunsthonig .... ja, und die sieben Eier, die mußten wohl oder übel mit, so zerbrechlich sie waren.

(Draußen ertönte die Stimme eines Offiziers, der zur Eile trieb. Alles machte, daß es auf den Alarmplatz kam. Das war ein Kleefeld droben vor dem Dorfe!)

Verdammt, die Taschenlampe!

Die lag oben auf der Bettstatt!

Hinauf. Herunter. Die Sprossen waren kaum mehr zu erkennen.

Ach, und das Brot.

Das frische Brot! Erst heute gefaßt! Das darf auf keinen Fall zurückgelassen werden!

In die Kiste? — Unmöglich. Die ist prallvoll.

Köhler holt keuchend die Bauernfrau, die auf dem Hofe steht, und die den letzten Reitern nachgeschaut hat, herzu, schwingt sich auf seinen Rappen, nimmt in die linke Hand die Zügel und läßt sich dann die Eßkiste aufs Pferd reichen. Die klemmt er unter den rechten Arm. Und auf die Kiste — in die Achselhöhle gepreßt — das Brot.

Es ist stockdunkel. Kein Reiter trabt mehr vorbei. Ruhig liegt die Dorfstraße.

Endlich will Köhler losreiten, da fällt ihm das weiche, wohlige Kopfkissen ein.

Er sitzt hurtig ab — der Gaul macht Mätzchen; denn
er wittert, daß sich Unplanmäßiges vollzieht — sitzt hur-
— der Schweiß rinnt ihm die Stirn herab —
sitzt ab und klettert in der Finsternis, beladen und voll-
gestopft und auf das äußerste erregt — klettert die schwan-
kende Leiter hinauf und rettet das Kopfkissen, das weiche,
das wohlige.

Die Frau muß wiederum behilflich sein, und Köhler
sitzt zu Rosse: links die Zügel und das Kissen, rechts die
Kiste und das Brot.

Und in der einen Packtasche drei Töpfe!

. . . Auf den ersten Schenkelbruck böllert der Gaul
und geht hoch — — die Töpfe vollführen einen Mords-
spektakel, als sei die Hölle los.

Der Gaul — in tausend Aengsten — zum Tor hinaus — die Straße hinauf — — ihn halten unmöglich
— — er rast, einen Kandarenbaum zwischen die Kiefer
gepfercht.

Ratternd und klappernd prescht Köhler durchs Dorf.
Das Brot fliegt davon.
Die Kiste fliegt davon.
Das Kopfkissen fliegt davon, das weiche, das wohlige.
Und die Töpfe rasaunen und spektakeln . . .
Im Augenblick des Abmarsches erscheint der Ser-
geant auf dem Kleefeld, — in Schweiß gebadet —

empfängt einen beträchtlichen Anpfiff und wird auf der Stelle als Patrouillenreiter vorausgeschickt.

— — Jetzt ist er weise und vorsichtig und reizt das Schicksal nimmer und begnügt sich mit der elendesten Pritsche.

*

Der Orden

Worum drehen sich jetzt die Gespräche, wovon redet man jetzt am meisten?

In der Heimat von Kohlrüben, Rußland, den Männern und dem Frieden, in der Etappe von Orden und von der Heimat.

An der Front spricht man selten von politischen Dingen.

Es kommt nichts dabei heraus.

Dagegen ist die Rede gern von Urlaub und (wie in der Etappe) von Orden.

Meist von beiden schönen Dingen zugleich.

So trafen sich die Herren zweier benachbarter Regimenter, so oft es angängig war in einem winzigen Kasino, um daselbst die faden Abende mit Orden- und Urlaubsgesprächen totzuschlagen, was nach der Genfer Konvention zulässig ist.

Heute sind die Orden an der Reihe.

Vor mehreren Stunden war ein feindlicher Stützpunkt mit Glanz erobert worden, und der Führer hatte eine dicke Auszeichnung gekriegt.

Das Gespräch kreiste um jenen ausgezeichneten ausgezeichneten Offizier.

Etliche Herren meinten, der Orden sei ehrlich verdient, etliche dagegen behaupteten, sie hätten sich ihren Heinrich mehr Schweiß kosten lassen.

Eine heftige Disputation entbrennt zwischen dem langen, tiefernsten Möller und dem kleinen, listigen Schubert.

Der Kleine sagt: „Aber was wollen Sie denn? Er war die ganze Nacht draußen, hat die Verantwortung allein getragen — es hätte ja ebensogut schief gehen können! — — — und schließlich hat er genau so viel Bange ausgestanden wie andere auch!"

„Nein! Nein!" protestiert Möller mit Pathos, „Das geht nicht! Das geht nicht! Wenn die Bange den Ausschlag gibt, dann müßt' ich längst den Pour le mérite haben!"

*

Die Bescheinigung

Ich bin auf Patrouille.

Mitten im tiefen Walde taucht ein Mensch auf, wirft sich vor mein Pferd und schreit und heult und wehklagt.

Was los ist, frage ich.

Er erzählt.

Er erzählt sehr lebhaft.

Soweit ich aus seinen Worten klug werde, will er etwas Schriftliches. Einen Ausweis?

Das kann ich nicht, ihm einen Ausweis geben.

Ich schüttele den Kopf und reite weiter.

Da bricht der Mensch unglücklich zusammen.

Mein weiches Herz ruppelt sich, und ich ziehe einen Zettel und schreibe:

Ich bescheinige hiermit dem Ueberbringer dieses Papieres, daß ich keine Silbe Russisch kann. Als ich fünfzehn Jahre alt war, habe ich mit einem Freunde Russisch lernen wollen, aber es war uns zu schwer, und wir sind nicht über das Alphabet hinausgekommen. Besagter Freund ist übrigens als Flieger in russische Gefangenschaft geraten und vervollkommnet hoffentlich seine sprachlichen Kenntnisse. Es ist schade, daß er sich nicht an

meiner Stelle mit dem vor mir stehenden Manne unter-
halten kann. Ich bin außerstande.

H. R.

Den Wisch falte ich sorgfältig zusammen und hän-
dige ihn dem Alten ein.

Er küßt dankbar, was er unter den Mund kriegt, und
trollt sich heiteren Sinnes.

*

Sachlicher Bericht

„Was mei Bruder is, der is von Anfang an im Felde,
und mei Schwager ooch, der war erst in Frankreich, und
nachher kam er nach Rußland, und mei Bruder ooch,
aber der is jetzt wieder im Westen, der is von Anfang
an dabei, aber der is jetzt wieder zuhause, und mei
Schwager ooch, der war dreimal verwundt, zweimal am
Beene und einmal am Koppe, nee, einmal am Beene und
zweimal am Koppe, ach nee, das war mei Bruder, der
war ooch zweimal verwundt, aber das eine Mal am
Arm, ach, und mei Schwager ooch, aber das war keine
Verwundung, da war er bloß von der Kletterstange ge-
stürzt, wissen Sie, bei einer Uebung, aber das war fix
wieder heile, und da kam er ins Feld, nach Frankreich,
und dann wurden se verladen nach Rußland, und jetzt
is er immer noch draußen, und mei Bruder ooch, aber
der is nu wieder im Westen, das heißt, jetzt is er auf
Urlaub zuhause, und mei Schwager ooch, der hats eiserne,
und mei Bruder ooch.“

Ausdruck: Nicht genügend.

*

Der Dorfschulze

Im Frühjahr 1916 lagen wir in Russisch-Polen.

Eines Tages schickte unser Rittmeister mich nebst einem Gefreiten, der den Dolmetscher abgab, auf die benachbarten Dörfer, damit ich die Anzahl der dort vorhandenen Pferde feststellte.

Vierzehn Kilometer hatte ich zu reiten bis Nowo-Letnisk.

Das Dorf lag fernab von allen Verkehrsstraßen und war bisher von Soldatenbesuch verschont geblieben.

Früh um vier waren wir weggeritten, und der Wald nahm kein Ende. Fichten und Kiefern, zwei- bis dreihundert Jahre alt — — ein herrlicher Forst. Aber wir mußten unsere Gäule kurz halten, damit sie nicht stolperten — über die Wurzeln —, und wir konnten nichts anderes reiten als Schritt.

Kurz nach sechs tauchte Letnisk vor uns auf. Oh, es sah öde aus! Wie ausgestorben. Als ob eine Seuche gehaust und alles Lebende hinweggerafft hätte. Kein Wohnhaus, kein Mensch, kein Tier — — nur die trostlosen, lehmbeschmierten Rückfronten der Scheunen. Eine Scheune an der andern.

Durch das Dorf zog sich die Straße.

Wir hatten den Weg abgeschnitten und ritten nun auf die Straße zu. Kaum war sie erreicht, so öffnete sich uns ein Blick, höchst unerwartet, auf ein — ich muß schon sagen wunderhübsches Dörschen.

Links der Straße lagen die Scheunen, rechts die Wohnhäuser. Blitzsaubere, frisch-bunte Häuser mit Blumengärten davor und blühenden Obstbäumen; die Straße selbst mosaikartig gepflastert und spiegelblank.

Aber kein Mensch zu sehen.

Ich war wie verträumt.

Hatte das Dorf von der Rückseite einen kahlen, garstigen Eindruck erregt, so wirkte die Reihe der appetitlichen Häuschen um so trauter. Aus den Schornsteinen kletterten dünne, bläuliche Rauchkringel — — aber nicht die Spur von einem Menschen auf der Straße.

Wir ritten durch das Dorf und lugten nach der weißen Fahne, die anzeigt, wo der Schulze wohnt.

Hinter etlichen Fenstern guckten Weibsbilder, gelbe Katzen schlichen durch die Gärten, auf einem Dache klapperten vier junge Störche.

Hier war kein Krieg.

Bald hatten wir das Haus des Schulzen gefunden. Wir saßen ab und banden unsere Pferde an den Zaun.

Wir betraten das Haus.

Nichts regte sich.

Auf dem Flur lauschten wir. Dann drückte ich auf die Klinke und öffnete die Stubentür.

In der Stube saß ein Mann, vor sich eine brennende Kerze.

Er stand auf und wünschte Guten Tag.

Wir dankten.

Der Mann sah aus, als käme er aus weiter, weiter Ferne.

Und auch wie ein Eingeborner sah er nicht aus.

Ich will ihn schildern.

Er war nicht groß und war nicht klein, doch äußerst zierlich gebaut. Er hatte ein anmutig-edles Gesicht, sauber rasiert — schlanke Gliedmaßen und auffallend zarte Füße. Sein Anzug: ein dunkelblauer, knappsitzender Rock, weißen Kragen und weißes Vorhemd, schwarze Hose und ein Paar Reitstiefel an den Beinen, die ein guter Schuster nach Maß gefertigt haben mußte. Ich hatte manchen Russen, manchen Polen gesehen, und ich war gefaßt gewesen auf einen dreckigen, devoten Kerl, aber der Schulze von Letnisk war weder dreckig noch devot.

Er lud uns höflich ein, Platz zu nehmen, und fragte, ob er mit einem Glase frischer Milch und einigen weichgekochten Eiern dienen könne.

Ich war so vertieft in seinen Anblick, daß ich die Einladung überhörte.

Ich kam nicht los von dem Gesicht.

Er hatte blondes Haar. Volles, blondes Haar und schlicht gescheitelt. Die Stirn war ebenmäßig und hoch — die Augen blau und versonnen — eine schöne, leicht gebogene Nase; einen kleinen Schnurrbart von der Farbe des Haupthaares, ein prachtvolles Gebiß, sehr saubere und feingezogene Lippen und ein rassiges, doch keineswegs übertrieben männliches Kinn.

Er sah mir offen ins Auge und schien leise zu fühlen, daß er mein Interesse geweckt habe.

Ich blickte mich in dem Raume um.

Die übliche polnische Bauernstube: im Hintergrunde rechts die fromme Ecke mit fürchterlich bunten, kirchlichen Bildern, mit Kruzifix und Kerzen. Links das Bett mit den fünf Paradekopfkissen, eins immer kleiner als das andere, und das kleinste, dickste obenauf.

Und doch wiesen verschiedene Kleinigkeiten auf einen persönlichen Geschmack des Wirtes hin: so war ein Blumenstrauß, der im Fenster stand, mit den Deckeln billiger Zigarettenschachteln gespickt — kitschig-süße Mädchenköpfe drauf. Und das eine Viertel der Stube war nicht geweißt, sondern tapeziert. Tapeziert mit einem vertrackt ineinander geschlungenen Tiermuster. Auch stand eine geradezu großstädtische Glaskaraffe auf dem Tische — als Unterlage eine Galerie aus russischen Zeitschriften ausgeschnittener und aufgeklebter Mädchenköpfe.

Außerdem brannte, wie gesagt, eine Kerze auf dem Tische.

Der Schulze stand da und beobachtete mich.

Ich trat an den Tisch und untersuchte, was darauf lag.

Zuoberst ein polnisch-deutsches Wörterbuch. Ein dünnes Heft — in der nächsten Stadt für sechzig Pfennige gekauft, wie ich erfuhr. Das Wörterbuch war aufgeschlagen über ein besudeltes Blatt Papier gelegt, als ob man nicht sehen solle, was der Schulze mit dem Papier getrieben habe.

Da mich der Mann interessierte, griff ich ohne Bedenken nach dem Papier und nahm es in die Hand.

Der Schulze stürzte aufgeregt auf mich zu und stammelte, als ging' es an sein Leben, etwas Klägliches, Polnisches.

Mein Gefreiter erkundigte sich, was es für eine Bewandtnis habe mit dem Wische.

Ach, es war ein Verzeichnis der Einwohner von Letnisk — — oder vielmehr: es sollte eins werden.

Der Schulze war von der Kommandantur der nächsten Kreisstadt durch Gendarmen beauftragt worden, bis zum Abend des heutigen Tages — gestern waren die Gendarmen dagewesen — ein Verzeichnis sämtlicher Einwohner von Letnisk anzufertigen.

Nun saß der Unglückswurm von dem Augenblick an, wo ihn die schlimmen Gendarmen verlaffen hatten, ununterbrochen und versuchte, ein Verzeichnis der Einwohner aufzustellen, und kam nicht vom Fleck. Zwar kannte er seine Leute genau mit Namen, aber mit dem Schreiben haperte es arg.

Das Papier sah kurios aus.

Der bayerische Landtagsabgeordnete Filser ist ein preiszukrönender Kalligraph gegen den Schulzen von Letnisk!

Ich habe schon viele Klexe auf einer Seite beisammen gesehen, aufgeschleckte, wegradierte und untilgbare, aber ein so eingesautes Stück Papier war mir noch nie vor die Augen gekommen.

Jetzt begriff ich das übernächtige Aussehen des Mannes. Jetzt wußte ich, warum die Kerze brannte.

Der arme Teufel hatte die ganze Nacht über dem Verzeichnis geschwitzt!

Ich fragte ihn durch meinen Gefreiten, ob er schon lange an der Liste arbeite.

Ein Seufzer.

Ich machte mich erbötig, mit Hilfe meines Gefreiten das Verzeichnis zu schreiben, doch der Schulze wies den Vorschlag wie ein feindliches Ansinnen weit von sich — — er hatte Angst vor der Kommandantur, die gewißlich den Schwindel durchschauen würde.

Er erklärte, allein fertig werden zu wollen.

Während der Unterredung meines Gefreiten mit dem Manne blätterte ich in dem polnisch-deutschen Wörterbuche.

Großer Gott im Himmel — das Weinen war mir nahe!

Aus diesem Hefte sollte ein Mensch die deutsche Sprache lernen können?

Ich ward traurig, weil ich mir vorstellte, wie dieser brave, angenehme, unbäuerische Mensch in seinem Drange, die Sprache des deutschen Volkes kennen zu lernen und sich zu verständigen, so jämmerlich irregeleitet und betrogen würde — — — wie er heißhungrig das Deutsche, die Verdeutschung hinunter schlingt, ohne zu ahnen, welch grauenhaftes Kauderwelsch ihm vorgesetzt wird.

Das Wörterbuch war ohne Zweifel für den Augenblicksbedarf von irgend einem gerissenen Juden, der selbst kaum Deutsch konnte, fabriziert worden und mußte dem wissensgierigen Polen eine seltsame Gedanken- und Vorstellungswelt der Deutschen übermitteln.

Das Heft zerfiel in sechs Abschnitte: Der Mensch, Die Weltheit, Im Quartier, Krankheiten, Das Gemüse, Die Bekleidung.

Abschnitt 1 war der kürzeste: der Mensch, die Frau, der Kind, der Harnblase, der Schlundkopf, der Lehm, der Dünger, das Haus, die Hyphte, der Teller, die Hühner.

Unter „Welt" standen wörtlich — als Muster, eine gute Unterhaltung zu führen, — folgende Sätze: „Er hat gleichen Erfolg mit seine Genrebilder, von deren manches er verkauft. Ist eine Cygarette Ihnen erkenntlich danke sehr? Haben Sie oft schon das Huhn gesehen, welches die Eier zu legen der größte Sorgfalt darauf besitzt?"

Unter 4 war als einziger zusammenhängender Satz die liebenswürdige Frage zum Besten gegeben: „Haben Sie heute offenen Leib?" — Abschnitt 5 war der umfangreichste, er maß ganze sechzehn Seiten. Da fehlte keine Kleinigkeit. Der Ackerbau, die Jagd, die Viehzucht, die Angelegenheiten der Melkerei, die Ernte — alles war gründlich durchgehechelt. „Obgleich ohne Grund gefällt die Georgine dem unermüdlichen Auge. — Ich werde nicht ermangeln, von weitem den Ton der Jagdhorn zu erhören. — Erzeugen Sie mir den gemeinsamen Gefallen, die Morgenluft einzusaugen. — Gebe Dir die größte Mühe, um zu den Acker mit vielgestaltiger Düngung zu versetzen." — — Alles Sätze, die jeder Verständige mißbilligen muß.

Es fiel mir ein, das Buch zu erstehen.

Ich bot das Dreifache der Kaufsumme, ohne etwas zu erreichen.

Der Schulze wollte sich von dem Hefte nicht trennen.

Es war ihm ans Herz gewachsen.

— Fast hätte ich über dem Wörterbuch vergessen, daß ich zu einem bestimmten Zwecke hergeritten war.

Ich erledigte rasch meinen Auftrag und wandte mich zur Tür. Wir gingen.

Der Schulze wünschte höflich: Auf Wiedersehen!

Als wir auffaßen, hockte er drinnen wieder über seine Liste gebeugt. Die Kerze hatte er ausgelöscht.

Mit bleiernen Fingern mühte er sich, die Seite mit den Namen seiner Leute zu füllen, aber es wollte nicht flecken.

Noch lange trug ich im Geiste das Bild des Mannes, der so gar nicht in die polnische Bauernstube paßte, und der nicht schreiben konnte und große Angst hatte vor der deutschen Kommandantur.

Und das polnisch-deutsche Wörterbuch werde ich nie vergessen.

*

Schnulpe

In das dreckstarrende, verlauste Polenkaff, in dem wir liegen, zieht mökend eine Schafherde.

Ein kleines, weißes Lämmchen, ein rührend-dämlich-verträumtes, erregt mein Wohlgefallen. Ich nehme es in die Arme und füttere es mit Brotkrumen und schwatze mit ihm.

Die Herde blieb im Dorfe, und das kleine, weiße Schäfchen gewöhnte sich an mich. Es zottelte mir nach, wich nicht von meiner Seite.

Bis die Herde das Dorf verließ. —

Das kleine, weiße hatte ich „Schnulpe" getauft, weil es so aussah.

Es sah aus wie „Schnulpe".

Wie „Schnulpe"!

— — —

Zwei Monate nach dem Abschied von Schnulpe bezogen wir Ortsunterkunft in einem Flecken, der etliche Tagereisen von jenem ersterwähnten Orte gelegen war.

In diesem Dorfe blökte eine Schafherde.

Da sah ich eines Abends ein strohblondes, rotbäckiges Mädel mit einem weißen Schäfchen spielen, und dieses

Polenmädel rief das Tier — ich machte Ohren —:
„Schnulpe!"

Die Mägde in dem Dorfe, und alle Leute, die es kann-
ten, riefen: „Schnulpe!"

Kein Mensch wußte, wo der Name herstammt, und
wer ihn geprägt haben mochte. —

So zieht ein Schafhirt durch die Polenlande, der hat
in seiner Herde ein weißes Lamm, und das wird zeit-
lebens Schnulpe heißen.

*

Im Quartier

Eine Bauernstube. Eine Bauernstube, gefüllt mit fremder Atmosphäre. Einen Tisch gibts nicht. Aber eine Kommode, an der man beim besten Willen nicht sitzen kann. Die bildbehängten Wände rundherum läuft eine Bank. Ich hole einen Hocker und nehme Platz, die Bank als Tisch benutzend. Das Fenster ist winzig, ein Guckloch über mir. Es dunkelt, und ich brenne eine Kerze an. Die Stube ist erleuchtet. Draußen ist es plötzlich schwarze Nacht geworden. Durch ein Gewirr von Zweigen und weit hinter dem Schattenriß eines Türmchens steht blutigrot an dunkelgrünem Himmel ein Mond, der Mond. Ich puste die Kerze aus; sie stört. Finsternis schwimmt gierend ins Stübchen herein. Mein Atem glüht. Da schiebt sich ein Schwarzes vors Guckloch und fragt dunkel: „Hans, bist du noch auf?" — Ich schweige und verleugne mich. Ich will allein sein, allein wie der blutende Mond. Er ist mein Bruder, und wir verstehen uns. Er blinzt mir zu.

*

Stille Komik

Spätherbst 1916

Biwak. Auf Abbildungen sieht's gemütlich und heimelig aus, aber in Wahrheit ist es öde und bitter.

Die Feuerchen wirken malerisch und verschönen die Nacht, gewiß — wärmen tun sie kaum.

Um einen, der die neueste Zeitung hat, steht eine Gruppe Müder. Sie alle wollen Neuigkeiten.

Man kann kaum lesen, aber man liest.

Aus einem Zeitungsblatt fällt ein Prospekt. Jemand bückt sich danach und liest laut vor:

„Darf ich diesen Winter Ihr Haus mit Blumen schmücken, Ihr Gärtchen mit Frühlingsboten? . ."

Es ist die Offerte eines holländischen Blumenzüchters.

Sie wirkt still-komisch, diese Offerte.

Ob er diesen Winter mein Haus mit Blumen schmücken darf, mein Gärtchen mit Frühlingsboten?

Freilich darf er. — Keiner verwehrt es ihm.

Komischer Kauz — — so zu fragen!

Alle denken an ihr Gärtchen, an ihr Haus . . .

*

Der Feldgraue und Peter Schlemihl

Peter Schlemihl setzte sich zu dem Verwundeten aufs Bett und erzählte.

— Ich erreichte die Landstraße und nahm meinen Weg nach der Stadt. Wie ich in Gedanken dem Tore zu ging, hörte ich hinter mir schreien: „Junger Herr! he! junger Herr! hören Sie doch!" — Ich sah mich um, ein altes Weib rief mir nach: „Sehe sich der Herr doch vor, Sie haben Ihren Schatten verloren." — „Danke, Mütterchen!" — ... Am Tore mußte ich gleich wieder von der Schildwache hören: „Wo hat der Herr seinen Schatten gelassen?" und gleich wieder darauf von ein paar Frauen: „Jesus Maria! der arme Mensch hat keinen Schatten." ...

Hier unterbrach der Soldat den Erzähler: „Hat denn die Schildwache bemerkt, daß Sie keinen Schatten hatten? — Und auch die Weiber? Die haben Ihren Schatten vermißt und Sie darum bedauert?"

„Es ist, wie ich Ihnen sage," fuhr Schlemihl fort. „Alle nahmen meine Schattenlosigkeit wahr. — Das fing an, mich zu verdrießen, und ich vermied sehr sorgfältig, in die Sonne zu treten. Das ging aber nicht überall an, zum Beispiel nicht über die Breitestraße, die ich zunächst durchkreuzen mußte, und zwar zu meinem Unheil in eben der Stunde, wo die Knaben aus der Schule gingen ..."

„Den Schulkindern wird doch an Ihnen nichts aufgefallen sein?"

„Oh, doch! Ein verdammter buckliger Schlingel, ich sehe ihn noch, hatte es gleich weg, daß mir ein Schatten fehle. Er verriet mich mit großem Geschrei der sämtlichen literarischen Straßenjugend der Vorstadt, welche sofort mich zu rezensieren und mit Kot zu bewerfen anfing."

„Was ist das: — literarisch?"

„Wenn man, statt wegzusehen, hinsieht und rezensiert — oder, was dasselbe ist: mit Kot wirft."

„Dann ist ja alles Volk, das auf der Straße wimmelt, literarisch?"

„Sicherlich!"

„Herr Schlemihl: Glauben Sie allen Ernstes, daß heutzutage jemand bei Ihrem Anblick stutzig werden würde und Sie bedauerte — oder rezensierte?"

„Das kann ich nicht sagen. Es gibt neuerdings eine große Anzahl Menschen, die keinen Schatten werfen."

Der Soldat richtete sich auf.

Er wollte dem Peter Schlemihl danken für seinen Besuch, aber er wagte nicht, die Worte zu finden.

Schlemihl drückte dem Verwundeten die Linke — die

Rechte fehlte — und nahm sodann seine Geschichte wieder auf.

Der Soldat schlief bald ein.

Es träumte ihn ins Paradies. — Da waren keine „Nächsten", die gaffend stehen blieben, wenn man keine Hand mehr hatte oder keinen Schatten. — Da wurde man nicht rezensiert, nicht bemitleidet, nicht angesprochen, nicht ausgefragt. — Es zeigte niemand mit Fingern, kein Kopf wendete sich um. — Da gab es keine Literaten, die den Krieg verwursten.

— — —

Das Buch war dem Soldaten aus der Hand geglitten. Alter Chamisso, du kannst hexen.

*

Nacht

Zlota Lipa

Der Mond stand nicht am Himmel, und schwarz war die Nacht, und regnen tat es auch.

Wir fuhren Munition.

Unsere schwer beladenen Fahrzeuge blieben in dem zähen Schlamm der galizischen Landstraße stecken oder kippten um, wenn die Pferde unter brutalen Hieben zur Seite drängten.

Wir waren seit Mittag auf dem Marsche und hätten gegen neun unsere Ladung abgeben können. Aber es regnete.

Es regnete in Strömen, die Straße war aufgeweicht, und wir kamen nicht vom Fleck.

Dreißig Fahrzeuge stark waren wir ausgerückt.

Seit drei und einer halben Stunde keuchten wir auf der Anhöhe. Es war zehn durch. Die Pferde zogen keinen Strang mehr.

Die letzten Wagen standen weit hinten. Wir hatten die Gäule ab- und den ersten Karren vorgespannt.

Es war ein Brüllen und Schreien.

Endlich überwanden wir die Höhe und ließen die Tiere, ehe sie die zurückgelassenen Fahrzeuge heranholten, verschnaufen.

Hinter der Hügelkette vor uns war die Front. Wer es nicht wußte, kriegte es bald weis. Die Kanonen blitzten, die Schüsse brüllten, Leuchtraketen stiegen auf, und aus den Gräben klang das Klackern der Gewehrschüsse.

Abgespannt, verdöst, wie im Fieber war ich abgesessen und in das nasse Gras gesunken.

Mein Gaul rupfte sich gierig, was ihm unter das Maul kam.

Ich leckte die Regentropfen, die über die Nase rannen, von der Oberlippe ab.

Ein Scheinwerfer tastete.

Streifte uns.

Streifte über mich hinweg.

Glitt lautlos weiter.

Für eine Sekunde erkannte ich — in einer Entfernung — etwas Auffälliges: eine Kuh und ein Etwas.

Ich watete hin. Bis zu den Knien im Sumpf.

Ließ meine Taschenlampe aufflammen:

Ein Feldweg — ein Kreuz mit dem Erlöser — eine Kuh — und ein Mensch.

Der Mensch grüßte devot, indem er den Hut abnahm und dabei etwas murmelte, das wie „Guten Abend" klang.

War ich irrsinnig? Ich strich mir über die Augen: der Mensch — offenbar ein Jude — ein Jude mit wallendem, grellweißem Barte — der Mensch hatte soeben

den Hut abgezogen — (er hielt ihn in der Hand!) —
und hatte trotzdem den Hut noch auf — einen weichen,
breitkrempigen Filzhut.

Der Mann schien sich vor mir zu fürchten. Ich brachte
kein Wort über die Lippen, sondern hielt das Lichtband
meiner Lampe starr auf ihn gerichtet.

Er nahm zum zweiten Male den Hut ab, wobei er
deutlich „Guten Abend" winselte.

Und seltsam: er hatte noch immer den Hut auf dem
Kopfe!

Träumte ich?

Aber nein: der Jude hatte ja in beiden Händen je
einen Hut!

Und den dritten auf dem Kopfe!

Ich atmete schwer und begriff nicht:

Vor mir stand unter dem Gekreuzigten ein alter, weiß-
bärtiger Jude mit einer Kuh. Auf dem Kopfe hatte er
einen Hut. In der Rechten hatte er einen Hut. In der
Linken hatte er einen Hut.

Ich fragte ihn, was er hier täte.

Er war geflohen.

Eine Granate war in sein Haus eingeschlagen.

Und da hatte er in Herzensangst und großer Not und
Kopflosigkeit und von dem dunklen Triebe gepeitscht, das
Wertvollste zu retten, die drei Hüte, die er besaß, auf-
gestülpt — einen über den andern —, hatte seine Kuh

genommen und war ausgerissen. Irgendwohin. Nun stand er in der nassen Nacht unter dem Jesus und fror und zitterte.

Ich konnte ihm nicht helfen, ich mußte zu meinem Pferde.

Es ging weiter.

In mir brannte es.

*

Eingedenk

Eine Munitionskolonne muß alles fahren, was not tut.

Stacheldraht, wenn er gebraucht wird, Dachpappe, Handgranaten, Bretter.

Wir mußten letzthin Bier fahren.

Sie lächeln?

Ja, ist Bier etwa keine Munition?? Ha?

Freilich ist Bier Munition, und zuweilen wichtiger als die übliche.

Also wir luden Riebeck-Bräu und Radeberger Pilsener und Dresdener Felsenkeller — alles in allem 129 Faß auf 25 Fahrzeuge.

An der Bahnstation wurde „gefaßt“ — im Magazin, einem vorgeschobenen, sollte abgeladen werden.

In den Bahnwagen standen die Fässer. Kleine mit 50 Liter Inhalt, große mit 200.

Süffige Munition?

Unsere Fahrer mußten die Fässer bis zu ihren Karren rollen.

Das war ein hartes Stück Arbeit für die paar Mann.

Zudem ballte sich ein Gewitter am Himmel zusammen, und die Schwüle lastete.

Der Fahrer Köbitz, der ein 200-Liter-Faß auf seinem Wagen verstauen sollte, spuckte grausam in die Handflächen, reckte sich, so lang er war, und feuerte sich mit den Worten an:

„Eingedenk seines hohen Berufes . . ."

Und legte dann los.

— — „Eingedenk seines hohen Berufes, Thron und Vaterland zu schützen . ." so hebt der erste Kriegsartikel an.

Kein Soldat, der ihn nicht kennte.

Und ganz gewiß hat auch der Gemeine Köbitz Thron und Vaterland geschützt, indem er das Faß Riebeck rollte.

Wenn auch sehr indirekt.

*

Gemeinheit

Was ist eine Gemeinheit?

Eine Gemeinheit ist, wenn man keine Worte dazu findet.

Unser Wachtmeister hat eine andere Definition: „Ein Pferd, das vergessen wird zu tränken, ist eine Gemeinheit," sagt er.

Es gibt viele Gemeinheiten. Täglich geschehen welche. Aber die schlimmste Gemeinheit ist die, welche mir mein Freund Anton G. aus Frankreich geschrieben hat.

Anton G. ist Fliegerleutnant und kriegt eines schönen Tages den Befehl aufzusteigen.

Er tut dies, gerät aber bald in dichten Nebel und verliert die Orientierung.

Er kutschiert zurück und geht im Gleitflug nieder.

Da erblickt er was?

Einen französischen Flugplatz.

Anton G. dammigt, schraubt sich hoch und schwimmt mit 180 km ab, wütend beschossen, immer geradeaus — in der Richtung, wo er seinen Hafen vermutet.

Der Nebel hüllt ihn ein.

Er dampft, bis das Benzin ausgeht.

Notlandung.

Wie er unten ist, sieht er die Bescherung.

Er ist genau an derselben Stelle wie das erste Mal. Auf dem französischen Flugplatze!

Ja, ist das etwa keine Gemeinheit?

Jetzt sitzt er in französischer Gefangenschaft und bimmst und ochst und schuftet auf ein Examen los, das er nach Friedensschluß ablegen will.

Tausend Bücher hat er sich zu dem Behufe schicken lassen, der Barbar.

Wenn er durch das Examen flöge, das wäre freilich die allerschlimmste Gemeinheit, was?

*

Regen in Galizien

Seit zehn Tagen regnet es ununterbrochen.

Der Himmel hängt trübsinnig wie ein alter, grauer Sack.

Wo kommt der viele, viele Regen her?

Gibt es überhaupt so erschütternd viel Regen?

Es ist ein Graus.

Die Wege? — Die Wege sind zum längsten Wege gewesen. Die Zeiten sind dahin, wo man sie schlechthin als Wege gelten lassen konnte. Sie sind weder Wege noch sonst etwas — sie sind ein Dreck. Man versinkt bis zu den Knien in zähem Schlamme, und die Stiefel faulen einem an den Füßen.

Es regnet vom Himmel, es regnet von den Bäumen, es regnet von den Dächern. Alles regnet.

Die Wiesen stehen unter Wasser — die Brücken sind fortgeschwemmt. Die Häuser senken sich und rutschen — die Wagen bleiben stecken — die Menschen glitschen aus. Es regnet durch sechzehn Gummimäntel hindurch.

Ich gestatte mir die bescheidene Anfrage: Hat es etwas auf sich mit dem Regen? Hat er einen ernsten landwirt-schaftlichen Hintergrund? Erfolgt er zu gewissen, Ackerbau und Viehzucht fördernden Zwecken? Oder aber ist er pure Schikane??

Falls das zweite, so erkläre ich, daß die ganze Regnerei, daß das ganze Geregne von meiner Seite aus nicht die winzigste Billigkeit erfährt.

Aber ich will den himmlischen Plänen nicht zu nahe treten und hoffe, daß — — nein, es ist nicht wahr, ich hoffe g a r   n i c h t s. Der Regen wirkt allzu aufweichend — auf Wege, Stiefel, Gemüt, Hirn und Hoffnungen.

*

Die Gans

In einem Karpathendorfe wurden wir in einer Panje-
bude einquartiert.

Besser ein Dach überm Kopf als den regnerischen
Himmel.

In der einzigen Stube dieser Bude hielten sich auf,
wohnten und schliefen: ein Zahlmeister, sein Bursche,
wir Unteroffiziere — zehn Mann hoch —, die fünfköp-
fige Panjefamilie, eine Sau und sieben Hühner.

Die Sau logierte unter dem „Bett“ genannten Bret-
tergestell, und auf der warmen Sau logierten die sieben
Hühner.

Wir beneideten die Hühner. So gut wie die hatten
wirs nicht.

Auch die Sau fühlte sich wohl.

Das Getier war in mancher Hinsicht besser dran als
die Menschen.

Vor allem hatte es in Hülle und Fülle zu futtern.

Wir nicht. Aber wir wollten uns auch einmal einen
fettigen Tag machen und beschlossen, eine Gans zu erstehen.

Ein Gänsebraten ist nie von der Hand zu weisen!

Und gar ein Gänsebraten im Felde verleiht der Seele Schwung und erhöht die Lust am Dasein.

Aber wo kriegten wir die Gans her?

Neben uns wohnte ein Jude, und der hielt Gänse.

Unser Sanitäter, den wir als den Listenreichsten ausgesandt hatten, kehrte mit einer stattlichen Gans zurück, für die er vier Mark erlegt hatte.

Vier Mark — — das war der Gänsebraten wert!

Der Sanitäter begab sich auch stehenden Fußes ans Werk und rupfte mit geübter Hand das Federvieh.

Er rupfte nicht lange.

Er rupfte das Vieh knapp bis zur Hälfte; dann wies er uns — denen das Wasser zu früh im Mund zusammengelaufen war — einen klapperdürren Balg vor.

Die Gans bestand aus Haut und Knochen. Kein halbes Pfündlein Fleisch!

Wir zogen zum Juden. (Das Wasser war längst wieder auseinandergelaufen.)

Der Jude kam heraus, klein, beweglich, schwarz, schmierig, Ringellöckchen, Schabbesdeckel.

„Nu??"

Ja, Mensch, für diesen Schund ham wir vier Mark geblecht!

Er beteuerte, die Gans koste ihm selbst mindestens sieben Mark. Sie sei äußerst preiswert. Und möchten wir noch die drei Mark drauflegen, so wolle er uns den Braten lassen.

Er hielt in der ausgestreckten Linken die vier Mark vor des Sanitäters Nase, auf daß sie zu sieben würden.

Unser Sanitäter entreißt dem Juden eins zwei drei das Geld, drückt ihm die gerupfte Gans in die Hand und lacht aus vollem Halse.

Wir mit.

So waren wir quitt. Hatten unsere vier Mark zurück, und der Jude seine Gans.

Als dem Geleimten aufging, was geschehen war, schrie er wie besessen und verfluchte uns in Grund und Boden.

Einer zog den Revolver. Da entfernte er sich auf hurtigen Füßen und versicherte mit Wärme, daß die Daitschen schaine Leite seien.

*

Geschäft is Geschäft

In Chodorow beim Juden in der Teestube

Der Feldwebel: „Was kosten die Waffeln?"
Der Jude: „Das Stick zwelf Pfennige!"
Der Feldwebel: „Gut. Geben Sie mir drei."
Der Jude: „Nehmen Se v i e r zu fünfzig!"

*

Handel

Sengend und plündernd räumten die Russen Polen; wir blieben ihnen auf den Ferſen, das linke Weichſelufer hinauf. Die Häuſer waren ſämtlich in Brand geſteckt worden.

Sie rauchten noch.

Flammen hatten das Holzwerk herausgefreſſen, die Blechdächer waren bis auf den Erdboden gerutſcht und hockten da wie ſcheußliche Schildkröten. Herausragten als einzige Ueberbleibſel (außer Dach und darunter Herd) die Schornſteine. Sie ſpießten ſtarr in die Luft.

Aber die Juden hatten ſich unter den Blechdächern mit unerhörter Behendigkeit wohnlich eingerichtet und hauſten in der blechernen Enge, als ſei dies ſeit tauſend Jahren nie anders geweſen.

Eben von den Ruſſenhorden geduckt, geknebelt und geprügelt, waren ſie ſchon wieder obenauf und Herren der Situation.

Hatten zertrümmerte Kiſten und zerſplitterte Bänke — ohne Beine, zweibeinige, ſelten dreibeinige — vor die Fragmente ihrer Häuſer geſchleppt und boten den Deutſchen Tee und Schokolade feil, das letzte, was ihnen an Nahrungsmitteln geblieben war.

Den Tee in gesprungenen, rissigen Gläsern von jahrelanger Unaufgewaschenheit.

Die Schokolade, als sei sie aus der Müllgrube hervorgebubbelt.

Wir waren ausgehungert und verdurstet und froren.

Und der Jude, ganz in seinem Elemente, machte Geschäfte.

Der Handel blühte.

Vor allen Dachwohnungen (zu ebener Erde) lockten die Juden:

„Kimmen Se erein in de schaine Stieb on trinken Se e heißen Tei mit Sicker!"

*

Konjunktur

Ostgalizien

Fischel Augenzucker handelt mit Süßigkeiten.

Er hat einen sogenannten „fliegenden" Stand, der aber von richtigkeitswegen ein „klebriger" Stand heißen müßte; denn die sämtlichen Waren — Bonbons, Schokolade — bilden eine einzige ineinandergeschlierte Masse, erfreulich anzusehen wie „türkischer Honig".

Fischels Geschäfte wickeln sich in aller Oeffentlichkeit und sehr im kleinen ab. En détail wäre schon zuviel gesagt.

Die Kundschaft besteht aus Schulbuben, und mehr als zwei, drei Bonbons werden selten verlangt.

Das Gewünschte klaubt Fischel einzelweis aus dem zusammengebackenen Ganzen.

Ich durfte Zeuge der folgenden Szene sein: ein Lausbub pürschte sich an Augenzuckers Stand, bröckelte mit flinken Fingern ein Klümpchen der süßen Materie ab und gab statt eines Nickels Fersengeld.

Fischel, das bemerken und der Range hinterdrein, war das Werk eines Augenblicks.

Aber kaum hatte er seinen kostbaren Laden im Stich

gelaffen, da brach eine Rotte Halbwüchfiger aus dem Hinterhalte hervor und attackierte die Augenzuckerwaren.

Ein jeder räuberte, was er vermochte, und zog fich mit Triumphgeheul zurück.

Fifchel ftand zwifchen zwei Feuern und erlebte für eine Minute den Begriff „Zweifrontenkrieg" am eigenen Leibe.

Er hätte fich nicht bedenken follen. Aber: gewohnt, mit zehn Prozent zu arbeiten, wollte er die Beute des erften Bengels diefem nicht überlaffen, fah fich zu feinem Schrecken von der mehrköpfigen Meute um ein erkleck- liches härter gefchädigt und ftürzte fchließlich zu feinem Stande zurück.

Zu fpät: der letzte Bengel entkratzte foeben.

— Da erfaßte mich eine edle Regung. Ich trat hin- zu und legte dem Erfchütterten einen Zweimarkfchein auf den Ladentifch.

Fifchel betrachtete das Papier, betrachtete mich, be- trachtete wiederum das Geld und fragte an, ob das Geld für ihn fein folle.

„Selbftredend!" entgegnete ich.

Fifchel faßte das nicht, fondern mußte fich erft auf dem Wege des Nachdenkens Klarheit fchaffen, daß ihm ein völlig fremder Menfch zwei Mark fchenkte.

Als er es kapiert hatte, brach er in derart hitzige Dan- kesworte aus, daß ich — fofern diefe nur zu zehn Prozent die gewünschte Wirkung besitzen — bis an mein Lebensende der glücklichste aller Sterblichen bleiben muß.

Nicht ohne Rührung hob ich mich von dannen.

... An der nächsten Straßenecke hatte mich Fischel eingeholt.

Stirnrunzelnd machte ich halt.

Zunächst bekam ich eine gutgemeinte Verbeugung zu sehen und sodann die Frage zu hören, ob er es sagen dürfe.

Was er sagen wolle, erkundigte ich mich.

Ja, versetzte Fischel, das sei so ein Ding: ich hätte ihm fünfzig Pfennige zu wenig gegeben. Er habe sich nachträglich den Schaden überschlagen und sei zu dem Resultat gekommen, daß zwei Mark nicht die hinreichende Entschädigung bieten könnten.

Ich wunderte mich ein wenig über den Umschwung in Fischels Denkweise, fand jedoch das Vergnügen auch einer Draufgabe wert und tat dem Geschäftstüchtigen den Gefallen.

Alsobald entfernte ich mich eilends; denn ich vermutete mit einiger Berechtigung, daß dem inzwischen unbeaufsichtigten Laden abermals von Freunden der Süßigkeiten und des bargeldlosen Zahlungsverkehres ein Besuch abgestattet worden sein möchte.

*

Das Ewig-Weibliche auf einem galizischen Bahnhofe

Im Bahnhofe E . . . . blüht ein Zeitungshandel, und zwar, wenn man das Stationsgebäude betritt, geradeaus in der Ecke. Aber er blüht nur des Vormittags von neun Uhr an. Da ist ein Haufe Zeitungsgieriger um den Verkaufsstand postiert und lauert auf den Zug, der die Zeitungen bringt. Punkt zehn Uhr läuft der Zug ein; das heißt: in der Regel läuft er um elf ein, mitunter gar erst um zwölf — ganz wie er seine Laune hat. Offiziell ist er freilich Punkt zehn Uhr zur Stelle. Nur, wenn er recht fidel gelaunt ist, glitscht er leise und verstohlen v o r der festgelegten Stunde heran — lediglich, um die Zeitungsgierigen auf den Besen zu laden.

Neulich kam er sogar einmal in der Nacht.

Es ist ein Unikum, dieser Postzug.

Kaum ist er da, so balgt und bort und beleidigt sich die vielköpfige, sensationshungrige Menge um die zehn, zwanzig Exemplare, als gälte es Ehre und Seligkeit.

Und dann blüht der Zeitungshandel.

Den übrigen Tag ist Ruhe, und der Verkaufsstand liegt öde und verlassen.

Die Eigentümerin streift irgendwo umher — — auf dem Bahnsteige oder in einem Wartesaale oder auf dem Gange, der von der Ecke ihrer Tätigkeit — dem sensationellen Winkel — zum Wartesaale zweiter Klasse führt.

Die Eigentümerin?

Jawohl: die Eigentümerin. Es ist eine Dame. Eine richtige Dame. Weit und breit die einzige Dame — — sofern man von dem weiblichen Etwas hinter dem Schalterfenster und den dahinwelkenden Matronen im Speisesaale absieht.

Bis der ulkige Postzug einläuft, bewegt sich die Zeitungsdame auf dem Gange. Außerhalb der Wartenden.

Oft sitzt sie auch auf einer Bank, von Günstlingen umlagert.

Auf dem Gange zum Wartesaal halten drei Bänke Wacht und recken ihre abgesessenen Flächen den Stehunlustigen hin.

Die erste ist stets unbesetzt. Auf der zweiten sitze heut' ich. Auf der letzten, der dem Verkaufsstande nächsten, hocken zwei Kavaliere — in ihrer Mitte die Zeitungsdame.

Wie Paschas mit ihrer Leibfatme.

Drüben auf dem Gange ist ein Schieben, Hasten und Stoßen. Das knufft und pufft sich. Mitunter entsteht eine beklemmende Pause, und gleich setzt es dreifach heftig ein.

Geräusche von plärrenden Menschen, von zischenden

Lokomotiven, von quietschenden und plautzenden Türen rasen auf mich ein; dazu steigt mir der widerwärtige, scheußliche, über alles geliebte, herrlich-würzige Bahnhofsduft in die Nase. Leider habe ich Gott sei Dank den Schnupfen.

Zu ihrer Schande sei's gesagt: die Lokomotiven und die Türen bringen nicht halb soviel Geräusche zuwege wie die Menschen. Knallende Türen und tutende Lokomotiven können an die von innen heraus bewegten Menschenkinder nicht „tippen". Die Bahnhofshalle und der Gang dröhnen von menschlichen Geräuschen.

Die zween Paschas auf der Nachbarbank tragen das ihre redlich dazu bei. Sie schwatzen und schwadronieren über die Dame hinweg, die allerdings ab und zu mit Großfeuer sich hineinmischt. Dann hebt sich ihre monotone, kreischende Stimme seltsam von den knarrzenden Bässen ab.

Der mir zunächst sitzende Pascha — ein ausgefochter Eisenbahner — hat die geschmeidigen Gesten und das gemütlich aufgeschwollene Aussehen eines angejahrten Walrosses. Eisgrau schimmern seine Haare, doch die Eitelkeit beeinträchtigen sie nicht. Er ist nämlich von auffallender Eitelkeit; was aus den sorgsamst gewickelten, adrett mit Bindfaden befestigten Gamaschen und den bis zum Exzeß gewichsten Zugstiefeln widerscheint. Er speit — pfatsch! — in geschickt abgemessenen Zwischenräumen

— pfatſch! —, und ringsum glänzen die Perlmutter-
knöpfe auf dem Fußboden. Er hält alſo auch etwas auf
innerliche Sauberkeit.

Die Zeitungsdame ragt bleich wie die Duſe und mit
ſchmerzlich geblähten Nüſtern zwiſchen den beiden Eiſen-
bahnpaſchas. Ihr ſchwarz und braun kariertes Umſchlage-
tuch fließt vom Kopf über die Schultern und betont
die Bläſſe des Antlitzes. Auch trägt ſie einen ſchmuck-
loſen, ſchwarzen Rock, worauf die ſchmalen, wächſernen
Finger unaufhörlich ſich verknäueln und wieder löſen.

Was mich an der Dame feſſelte, das war das Geſicht,
das zarte, bleiche Angeſicht mit den langen, dunklen Wim-
pern, den kräftigen Brauen, den ſcharf konturierten,
ſchmalen Lippen und den bebenden Nüſtern.

In anderer Umgebung wäre die Dame völlig reizlos
geweſen, davon bin ich überzeugt.

Anderswo hätte ſie kein Menſch beachtet.

Hier dagegen, an dieſem von Männern wimmelnden
Orte — und zwar von Männern, die nimmer wiſſen,
daß es Frauen gibt; die es vergeſſen hatten oder vergeſſen mußten, daß es welche gab — hier reizte ſie.

Ich ernüchterte mich und flüſterte mir ein, daß gar
viele Frauen nur dann entzücken, wenn ſie ſitzen. Stehen
ſie auf und entfernen ſich, ſo hat man die Beſcherung:
eine unproportionierte, breithüftige Ente watſchelt irbei-
nig und auf ſchiefen Abſätzen von dannen.

Man schneidet sich da oft.

Aber diese da war tadellos, mußte tadellos sein.

Warum?

Weil ich nicht enttäuscht sein mochte.

Ich war froh, endlich einmal wieder ein — ich will nicht sagen „kultiviertes", aber doch mindestens leicht ankultiviertes — Weib zu sehen.

Ich beobachtete die Passanten.

Meist waren es Soldaten: Mannschaften, Chargen, Offiziere; Urlauber, die kamen, oder Urlauber, die heim wollten. Auch Kraftfahrer, Eisenbahnbeamte und Landwirte aus der Umgegend.

Also sämtlich Männer. Und, wohlgemerkt, Männer, die irgendwie „scharf" waren, ausgehungert, bedürftig.

Jeder, jeder einzelne — jeder einzelne beglotzte die Zeitungsdame.

Und die wußte das und hatte sehr absichtlich ihre anmutigen Füße weit vorgestreckt, so daß die eleganten Stiefelchen und der nette, glatte, schwarze Strumpf auffallen mußten.

Alle, alle, alle, alle, alle blickten eingehend auf die Stiefelchen und, ich lasse mich hängen, auf die Strümpfe.

Jeder schickte einen Blick hinab — jeder, ob hoch, ob niedrig, ob arm, ob reich.

Einen gierigen oder einen erstaunten, einen verstohlenen oder einen offenen, einen nippenden oder einen saugenden.

Ich hatte das Gefühl, als müßten die Blicke in ihrer Gesamtheit das Weib in dem Weibe aufpeitschen und zu etwas Unerhörtem anstacheln, etwa: das Strumpfband vor aller Augen zu befestigen oder dergleichen.

Aber die Dame reagierte nicht. Sie kreischte hin und wieder mit ihrer hohen, monotonen Stimme ein paar Worte in die Unterhaltung der beiden Paschas.

Der Fußboden lag voller quecksilberner Quallen ...

Mich ekelte, und das ganze Benehmen der Dame erschien mir als Mache, als abscheuliche Mache.

Sie schaute groß nach der Wand gegenüber und drehte nur selten, doch unglaublich effektvoll das Köpfchen zu dem einen oder dem anderen und plinkte dabei mit den Lidern oder schob die Pupillen so hoch hinauf, daß man bloß das Weiße sah.

Ich richtete mein Augenmerk wiederum auf die Passanten und nahm sie einzelweis aufs Korn — wenn sie den Wartesaal aufsuchten, oder wenn sie vergeblich in den Wartesaal schauten, als suchten sie jemand.

Ein österreichischer Gendarm streicht mit geschwellten Segeln durch den Gang. Schnurrbart, Pelzkragen, breeches, kurzes Jäckchen, einschüchternde Anschnallsporen, klirr — klirr — klirr. — Er vergißt sich beinahe und muß die hangen bleibenden Augen mit Energie von den Stiefelchen losreißen.

Ein Oberleutnant in entzückenden, juchtenen Langschäftern. Er tut absolut uninteressiert, während seine Blicke hätschelnd die Füßchen der Dame umschmeicheln.

Ein paar Lanzer. Dreckig und unrasiert. Der eine mit schleimigem Ausdruck, der zweite wie ein Raubtier, der dritte sympathisch-schlicht. Sie beschauen sich's gründlich und wenden sich zurück, weil sie's nicht genau genug gesehen haben.

Ein Herr im Pelz, ein Fatzke in hellgelben Schuhen und allerliebsten grasgrünen Strümpfchen. Ein winziges Bärtchen im Gesicht. Blütenweiß der Kragen, gestrickt die Krawatte. — Er beherrscht sich und tut, als gefiele ihm das nicht, was er da erblickt.

Ein Unteroffizier, dem eine kleine Kanone um die Hüften baumelt, steigt s e h r langsam vorüber und kaut auf der Unterlippe. Die Stiefelchen gefallen ihm sichtlich.

Ein Eisenbahnbeamter. Der bringt es fertig, sich an die Wand zu kleben, um mit verglastem Blick auf die Füße des Zeitungsdämchens zu stieren. Er hat einen Zivilistenrock (mit dem abgeschabtesten Sammetkragen der Welt) am Leibe und eine Hose, die von langjähriger Tätigkeit zeugt. Aber die Kopfbedeckung, die hohe, steife, ist fürstlich.

. . . . . Das Zeitungsdämchen hockt auf der Bank und hat die Augen geradeaus gerichtet. Sie hat einen Punkt gefunden. Je und je mischt sie mit ihrer hohen, monotonen Stimme ein paar Worte in das Gespräch.

Sie sieht aus wie die Duse.

Schmerzlich blähen sich ihre immerhin edlen Nüstern.

Die anmutigen Füßchen hat sie weit vorgestreckt. Glatt und schwarz sind die Strümpfe.

Sie wartet auf den Postzug, der die Zeitungen bringen soll, und der heute den Einfall hat, etwa in später Abendstunde aufzutauchen.

Sie ist das Ewig=Weibliche auf dem Bahnhofe.

Und ist eine adelige, vornehme Seele.

Dies beweisen ihre Füße.

Alle fühlen das; denn keiner lächelt sie an.

Man hat Achtung vor ihr wie vor einer wirklichen Dame.

Das machen die adeligen, vornehmen Stiefelchen. — — Ich ziehe mein Notizbuch und notiere:

An ihren Füßen könnt ihr sie erkennen.

Zeige mir deine Stiefel, und ich werde dir sagen, wer du bist.

Die Füße einer Dirne — und seien es die der schicksten — sind anders als die einer Dame. Und die einer dummen Frau anders als die einer klugen.

Wie sein Schuhwerk, so der Mensch.

*

Schleim

Im Lazarett die vierte Form, das ist:

Früh Schleimsuppe, mittags Schleimsuppe, abends Schleimsuppe.

Die ersten Tage ist man zu hinfällig, als daß mans merkte.

Am achten Tag gibts immer noch früh Schleimsuppe, mittags Schleimsuppe, abends Schleimsuppe.

Allmählich kommt man auf den Geschmack. Die Schleimsuppe am Morgen ist um eine Winzigkeit dünner als die mittägliche, während hinwiederum diese um eine Winzigkeit schleimiger ist als die abendliche.

Morgenstunde hat Schleim im Munde, Mittagsstunde hat Schleim im Munde, Abendstunde hat Schleim im Munde.

Und des Nachts träumt man von Schleimsuppen.

Da kannst sei einen Schleim kriegen!

Nach drei Wochen verfällt man in schleimige Apathie.

Früh schleimigen Schleim, mittags schleimigen Schleim, abends schleimigen Schleim.

Man verschleimt.

Wenn dich in der vierten Schleimwoche jemand vor die Wahl stellt: entweder Lazarett mit vierter Form oder ein Jahresfreiabonnement bei Dreſſel *) — — du würdeſt, glaub ich, keinen Augenblick ſchwanken, dich nicht für das Lazarett zu entſchließen.

*

*) Selbſtredend in Friedenszeit!

Wie mich ein ruffifcher Flieger geärgert hat

Seit einem Jahre liegen wir in Galizien.

Seit einem Jahre bin ich auf der Suche nach einem Klavier.

Seit einem Jahre hab' ich nicht Klavier gespielt. Das ist der Krieg.

— Vierzehn Tage saßen wir dort, zwei Monate anderswo, drei Wochen da, fünf Tage hier. Durch Galizien sind wir geftreift die kreuz und die quer — — ein Klavier hab' ich noch nie gefunden.

Es gibt welche in Galizien, kein Zweifel; doch an den Orten, wohin wir geworfen wurden, gab es keine.

Das ift der Krieg.

— Seit einem Jahre such' ich ein Klavier, und heute . . . heute hab' ich endlich eins gefunden!

Es fteht am Südausgange unferes Dorfes und zwar auf einem Schlößchen.

Geftern fpät am Abend erfuhr ich davon und wäre am liebften auf der Stelle hingeeilt, um wild drauflos zu klimpern, allein: ich haufe im nördlichen Teile des

Dorfes und habe kilometerweit zu laufen bis zu dem gnadenreichen Orte.

Das Dorf streckt sich nämlich, wie sich nur ein galizisches Dorf zu strecken vermag, das eigentlich aus drei ineinander geklierten Dörfern besteht, die eigentlich aus sehr vereinzelten Gehöften bestehen.

Unter Berücksichtigung des strammen Grundsatzes „Entfernung ist kein Hindernis" brach ich heute früh um vier Uhr auf, damit ich etwa gegen acht die Tasten zu drücken anheben könne.

Es wäre vorteilhafter gewesen, ich hätte mich gestern Abend noch auf den Weg gemacht: schon um fünf brach eine Wolke voller Regen hernieder und zerweichte mich ganz und gar.

Das ist der Krieg.

Die Dorfstraße verwandelte sich in Kunsthonigersatz und erschwerte mir das Fortkommen.

Bald ging es bergauf, bald ging es bergab — — die Straße veralberte mich geradezu und wurde unter meinen Tritten zusehends buckliger und buckliger. So konnte es nicht ausbleiben, daß ich etliche Male streckterlängs in den Brei versank, ohne wesentliche Unterschiede von echtem Kunsthonig wahrzunehmen.

Ueberdies rann mir das Wasser unablässig in die Stiefel, als vermute es darinnen irgendeine nette Ueberraschung, und rann mir in den Nacken, als läge dem eine stillschweigende Verabredung hinter meinem Rücken zugrunde. Und die Mütze saugte sich voll wie ein hungriger Schwamm.

Das ist der Krieg.

.. Alles dies ließ mich gleichgültig, galt es doch, ein Klavier — galt es doch, d a s Klavier zu finden.

Daß es tatsächlich vorhanden war, lag außer jedem Zweifel: ein Artillerieleutnant hatte es tags zuvor mit eigenen Augen stehen sehen und mir genau geschildert. Sogar Noten stünden zur Verfügung.

Ich watete und watete.

Der Wolkenbruch gab sich gemach zufrieden und machte einem leidlich normalen Himmel Platz, und als ich das Schlößchen von ferne grünumsponnen blinken sah, versuchte gar die Sonne, sich hervorzuarbeiten.

Eher, als ich vermutet hatte, konnte ich das Gebäude betreten, worinnen m e i n Klavier harrte.

Zuvörderst machte ich einem k. u. k. Kameraden meine Aufwartung und meinen Wunsch kund.

Er lächelte ein wenig schadenfroh und geleitete mich zum Herrn des Hauses.

Gut gekleidet und würdevoll von Benehmen eröffnete mir dieser, ein Klavier sei allerdings in seinem Besitze....

Er wies mit dem Zeigefinger auf einen strohbepolsterten Karren, unweit des Tores unter dichten Büschen.

Ich blickte nicht hin.

Mir schwante Fürchterliches.

5*

Jetzt wäre ein Wolkenbruch angebracht gewesen!

Himmel, Mars und Zwirn!!

Während ich ein seelisches Schluchzen unterdrückte, berichtete der Eigentümer des Klaviers, daß und warum er nach einer im hintersten Hinterlande gelegenen Gegend mit Sack und Pack übersiedele.

Wenn nämlich ein feindlicher Flieger dir zu Häupten droben im Aetherblau seiner Straßen surrt und eine deutsche Abwehrkanone ihn befunkt und du dir das Schauspiel betrachtest und der Flieger gerade senkrecht über dir schwebt und die Sprengpunkte ebenfalls genau senkrecht über dir liegen, so kann leichtlich der Fall eintreten, daß du ein Stückchen Stahl auf deinen Schädel bekommst.

Das ist der Krieg.

Ja, und das war dem Schloßherrn zuteil geworden, wenn ihm auch die Sprengstücke nicht eben auf das Haupt gekleckert waren, so doch dermaßen dicht vor seine Füße, daß er den raschen Beschluß gefaßt hatte, einen Wohnungswechsel vorzunehmen.

Ich billigte dieses sein Vorhaben nicht und schimpfte auf den russischen Flieger.

Wäre der Mistlackl nicht gewesen, so hätte unsere Abwehrkanone nicht geschossen, und hätte unsere Abwehrkanone nicht geschossen, so hätte es keine Sprengstücke gegeben, und hätte es keine Sprengstücke gegeben, so wäre das Klavier nicht verladen worden.

Nun stecke ich die Hoffnung auf, je in Galizien ein Klavier zu finden.

Daheim hab' ich eines.

Es ist verstimmt wie ich, und dennoch tät ich für mein Leben gern drauf spielen.

Es geht nicht an.

Das ist der Krieg!

*

Hinter der Front

Karl schrieb mir: „Weißt Du, wenn ich einem ein=
zelnen Franzosen gegenüberstehe, bin ich Mensch und
nichts als Mensch. Ebenso ergeht es mir mit dem Rus=
sen. Ich sehe in ihm — persönlich und privatim — kei=
nen Feind, keinen Widersacher und kann vergessen,
daß ich Uniform trage. Von den Engländern laß mich
schweigen.“

Karl ist ein vernünftiger Jüngling.

Er hat zwar 1913 angefangen, Theologie zu studieren,
aber er hat im Felde mancherlei profitiert, was ihn vor
dem Versauern bewahren wird.

Eben dieser Karl, der es bei einer Batterie bis zum
Vize gebracht hat, lag unlängst auf dem Strohsacke sei=
ner ostgalizischen Scheune und las die Einleitung zu
einem Bande Dostojewski.

Es war Abend, und die Kerze (Kriegslieferung) zischte
wie ein böses Tier.

„Monumentalität ist immer in irgend einer Weise
Ueberpersönlichkeit, ist Ausdruck des massiven Lebens der
vielen, der Menge, des ganzen Volkes. Die Monumen=

talität der Großstadt, die Dostojewski erreichte, war ein Neues, Kühnes, Unerhörtes . . ."

Da schlug krachend eine Granate neben der Scheune ein.

Karl fluchte grausam über die Störung und war so wütend, daß er am liebsten hinübergerannt wäre, um den unverschämten Knallmax in Grund und Boden zu ohrfeigen.

Vielleicht hätte er sogar geschossen.

*

Die Wohltätigkeitsveranstaltung

Im Park zu B., einer besetzten polnischen Stadt, ist großes Fest zum Besten der freiwilligen Feuerwehr.

Da mußt du hin.

Der Eintritt kostet fünfzig Pfennige; das ist die Sache wert.

Ein knuspriges Terzett von selbstlos sich in den Dienst der guten Sache gestellt habenden Damen segnet deinen Eingang. Auf Jiddisch.

Dankend quittierst du und lenkst die Schritte nach dem Inneren des Parkes, wo feiertägig aufgeputzte Menschenkinder auf und nieder promenieren.

Da schießt eine junge Dame auf dich zu und steckt dir eine Blume an die Brust.

Dies kostet eine Mark.

Lächelnd beteuerst du, kein Blumenfreund zu sein — — es hilft dir nichts, die freiwillige Feuerwehr, mein Bester, hat auf dich gerechnet!

Die Blume überm Herzen unternimmst du fünf, sechs Schritte, da schießt eine zweite junge Dame auf dich zu und heftet dir eine blechgestanzte Denkmünze an die rechte Brust.

Dies kostet eine Mark.

Du kannst nicht Nein sagen, zumal die Dame dir einen lohenden Blick aus übertrieben schwarzen Augen hinschmettert; du knickst zusammen und steigst zaghaft weiter.

Da schießt eine dritte junge Dame auf dich zu. Sie hat — du sahest es von weitem — transparente Röcke an und oberhalb der grausam eingekerbten Taille ein Schlinggewächs von Busam. Sie nestelt dir, ob du gleich heftig widerstrebst, ein Vivatfähnchen an die Kopfbedeckung.

Das Fähnchen will nicht haften, und dir wird ausgiebig Gelegenheit, dich davon zu überzeugen, wie stark man zum Besten der freiwilligen Feuerwehr transpirieren kann, wenn man zu viele pilules orientales konsumiert hat.

Da hast nämlich die Kopfbedeckung nicht abgenommen.

Endlich klebt das Fähnchen fest.

Dies kostet eine Mark.

Du bleibst — für alle Fälle — auf dem Flecke stehen und lugst in die Runde.

Aber es kommt niemand mehr.

Du schlenderst friedlich weiter.

Weibliche Gestalten in großer Zahl halten die Bänke besetzt, verführerisch gekleidet, guttural schnatternd und auf Sexuelles erpicht.

Doch mehr als alle Damen fallen dir die vielen Mannsbilder auf, die frisch rasiert und melancholisch umdunkelt hin- und herflanieren. Sie haben goldgleißende Helme auf den ölig flimmernden Häuptern und stecken in prächtigen Uniformen.

Aber bei näherem Zusehen verlieren die Herren ihren Zauber; denn die Uniformröcke erweisen sich als wattiert und lächerlich verschlissen. Sie sind auf Fernwirkung berechnet und scheinen der Masse eines verkrachten Opernhauses zu entstammen.

Ach, und die Stiefel, welche die Herren an den Füßen tragen, sind jammervoll verhatscht und blecken dir die schwarzen Zehen.

Du nimmst zum Besten jener Kavaliere an, daß sie ihr eigenes Schuhwerk der freiwilligen Feuerwehr zur Verfügung gestellt haben und sich mit abgerissenem begnügen.

Indes du irrst; denn eben diese Mannsbilder repräsentieren die freiwillige Feuerwehr. Die Komik, die sie erzielen, ist hingegen unfreiwillig.

Du drehst dich mit gewisser Diskretion zur Seite... Ah, ein Springbrunnen ist auch da!

Die Wasser funkeln, und winzig-goldene Perlen fühlst du auf deine Haut sprühen.

Du versinkst in den wohltuenden Anblick und läßt die Gedanken schweifen in ferne Gefilde..

Da stürzt eine junge Dame auf dich zu.

Der Genuß des Springbrunnens ist nicht gratis, im Gegenteil!

Ein Schein besagt, daß eine Mark zu lockern sei.

Du zahlst und wandelst weiter. Der Springbrunnen freut dich nimmer.

. . . Vor dem Musikpavillon staut sich die bunte Menge, und es wird dir sauer, dich hindurchzuwinden.

Du bleibst stehen und läßt die Rhythmen eines schneidigen Marsches auf dich wirken.

Da stürzt eine junge Dame auf dich zu.

Wie? Muß sogar das Hören der Musik bezahlt werden? Du nimmst dir energisch vor, den Taubstummen zu spielen und machst ein teilnahmlos-unmusikalisches Gesicht.

Die junge Dame pappt dir eine Nummer auf den unschuldigen Unterleib.

Dies kostet eine Mark.

Die Dame wird von der Menge verschluckt — — du stehst und staunst. 9726!

Was soll die Nummer? Wird man dich verlosen zum Besten der freiwilligen Feuerwehr, oder was führt man gegen dich im Schilde?

Schon hast du Lust, die Nummer abzureißen, da hindert dich ein vages Neugiergefühl daran, und du läßt sie hangen.

Bald bist du aufgeklärt.

Ein schickes Dämchen, mit allen nur erdenklichen Reizen verschwenderisch ausgestattet, ein verwogenes Postillonhütchen auf dem Haarwerk, überreicht dir ein rosa Briefchen.

Dies kostet eine Mark.

Du erbrichst die Hülle und liest mit offenem Munde die von zweifellos sehr zarter Hand geschriebene Mitteilung, daß du hinter dem Musikpavillon erwartet wirst.

Es dauert eine Weile, bis dir ein grimmiger Seifensieder aufgeht.

Auf dem Briefumschlag steht als Adresse die Nummer 9726!

Aha, wills dahinaus?

Der reizvolle Postillon wartet lächelnd auf das Antwortschreiben.

Es sei! Du ziehst einen Zettel, schreibst: „Sie werden hierdurch höflichst ersucht, mir unverzüglich im Mondscheine zu begegnen!" und gibst dem Boten das billet aigre.

Dies kostet eine Mark.

Jetzt weißt du, was die Nummer zu bedeuten hat! Mein Freund, wird dir nicht bange?

Herunter mit der Nummer!

Zu spät — — ein zweiter weiblicher Postillon hat dich beim Kragen und händigt dir ein Brieflein ein.

Das Briefchen lautet: „Sei sennen mir ser sempotisch! 567."

Du zahlst die obligate Mark und verzichtest zu antworten.

Die Sache ist dir nicht sempotisch; das Adjektiv zu Venus fällt dir ein.

Die Nummer wird vernichtet, du wendest dich dem Ausgang zu.

Du fühlst dich ziemlich abgebrannt.

Kennst du die Redensart „zum besten haben"? Nun, Wertgeschätzter, man hat dich weidlich zum besten gehabt — und zwar zum Besten der freiwilligen Feuerwehr, und das ist, meiner Treu, wenig sempotisch.

*

Zwischen Preußen und Sachsen

Im Schnellzug Breslau-Dresden sitzen ein Sergeant und ein Unterveterinär einander gegenüber.

Beide kommen von der Front; beide fahren auf Urlaub in die Heimat.

Beide stammen aus Sachsen.

— — Auf einen Vorschlag des Veterinärs erhebt man sich und steigt nach dem Speisewagen, um daselbst eine Tasse Kaffee zu genießen.

Es ist sieben Uhr vorbei und ein angenehmer Morgentrunk durchaus nicht von der Hand zu weisen.

Der Speisewagen ist gähnend leer. Die zwei Urlauber bauen sich an einen Ecktisch und bestellen bei dem frischgewaschenen und frischgescheitelten Kellner einen Kaffee.

In Bälde dampfen zwei Tassen pechschwarzen Mokkas vor den Herren; zwei Marmeladenbrötchen lächeln.

Die beiden lassen es sich munden, räkeln sich behaglich in ihren Sesseln und können sich des Verlangens nach einer guten Morgenzigarre nicht erwehren.

Der Kellner wird gerufen.

Er bringt zur Wahl drei Sorten: zu 20, zu 40 und zu 60.

Wenn man auf Urlaub fährt, reißt man der Welt ein Haren aus — — die zu 60 wird auserkoren.

Man knipst die Spitze ab, und der Ober reicht mit graziös geschwungenem Arm ein Zündhölzchen.

Die beiden Herren paffen — — ach! —

Die Zigarre ist ihre 60 Pfennige wert.

Die beiden Herren paffen.

Da erscheint ein Mensch auf der Bildfläche, der sieht aus wie eine Kreuzung zwischen Rübezahl und Barbarossa, rollt grimmig die Augen, schreitet auf die Rauchenden zu und dröhnt: „Das Rauchen im Speisewagen ist verboten!"

Dröhnts und schreitet weiter — mit der Würde eines Mannes, der im Vollbesitze seiner sämtlichen Fähigkeiten und seit seinem sechzehnten Lebensjahre im Dienste der preußischen Staatsbahn steht, es bis zum Zugführer gebracht hat und sehr wohl weiß, was er ist.

Die zwei Urlauber tauschen einen vielsagenden Blick und paffen nicht mehr.

Der Sergeant blickt in gelinder Verlegenheit auf seine Armbanduhr. Die zeigt 7 30.

Pause.

Der Veterinär tut einen verstohlenen Zug, verscheucht jedoch die Rauchwolke mit wedelnder Hand.

Er denkt: „Ich komme aus dem Felde, ich fahre auf Urlaub, ich rauche. Basta."

Der Sergeant denkt etwas Aehnliches und raucht ebenfalls weiter.

Da öffnet sich die Tür, durch die der Herr Zugführer soeben entschwunden ist, und hereinplatzt ein Schaffner, stürmt an den zwei Feldgrauen vorüber und schmettert dabei: „Das Rauchen ist hier strengstens untersagt!"

Ab.

Unmittelbar auf dem Fuße folgt ihm eine weibliche Kollegin.

Ohne die Männer anzublicken, verkündet sie mit täuschend imitierter Energie: „Im Speisewagen ist das Rauchen verboten!"

Ab.

Der Sergeant will dem Unterveterinär etwas mitteilen; der Veterinär dem Sergeanten, — schon betritt eine zweite Schaffnerin den Wagen, strebt dem Ecktisch zu und lispelt: „Sie dürfen aber hier nicht rauchen, meine Herren!"

Sie tritt ab.

„Die schickt alle der Zugführer," bemerkt der Veterinär.

„Ganz gewiß," entgegnet der Sergeant und zieht gewaltig an dem delikaten Kraut.

Der Veterinär kreuzt die Beine und spricht: „Albern. Noch dazu, wenn man von der Front kommt!"

Sprichts und führt den Zigarro zum Munde.

Indem geht die Tür auf, und es taucht ein zweiter Schaffner auf.

Ehe er den Mund öffnet, fragt der Sergeant mit Freundlichkeit: „Darf eigentlich hier geraucht werden?"

„Nein! das ist strengstens untersagt!"

„So so." Der Sergeant legt die Zigarre beiseite.

Der Veterinär behält sie zwischen den Lippen. Er sagt:

„Sonderbar: wir sind die einzigen lebenden Wesen hier im Speisewagen, und doch wird uns bereits zum fünften Male das Rauchen verboten. Der Zugführer scheint es auf uns abgesehen zu haben."

Der Schaffner hat den Wagen verlassen.

Der Zugführer betritt ihn.

Er ist geladen.

Er faßt den gelangweilt dreinblickenden Veterinär scharf ins Auge und prustet plötzlich: „Legen Sie sofort die Zigarre weg!"

„Warum?" erkundigt sich der Arzt, ohne das Objekt der Wut aus dem Munde zu entfernen.

„Sie legen sofort die Zigarre weg!!"

„Ich rauche ja gar nicht. Das sieht nur so aus. Ich halte das Ding in den Zähnen."

„Legen Sie die Zigarre weg oder — — !!"

„Ob ich sie weglege oder nicht, die raucht von selbst weiter."

Der Zugführer kann nicht mehr an sich halten; er

brüllt: „Sie sollen die Zigarre auf der Stelle weglegen! Auf der Stelle!!"

Der Veterinär entschließt sich dazu. Der Zugführer räuspert sich schreckenerregend. Dann zieht er sich ein Stück zurück, nicht ohne den frevelhaften Raucher schärfst im Auge zu behalten.

Der Sergeant ruft den Ober.

Der Zugführer spannt wie ein Luchs, ob einer der beiden Kerle rückfällig zu werden sich untersteht.

Die zwei Feldgrauen zahlen. Dabei fragen sie den Kellner, warum er sie nicht darauf aufmerksam gemacht habe, daß es verboten sei, im Speisewagen zu rauchen, — und warum er ihnen eigenhändig Feuer gereicht.

„Die Herren verzeihen, ich hab geglaubt — — — wir sind ja ohnehin sogleich in Görlitz, und da wechselt das Personal. In Görlitz übernehmen sächsische Beamte den Zug, und da darf geraucht werden."

Aha!

Der Zug läuft in Görlitz ein. Der Zugführer stapft davon. — Görlitz! Görlitz! Görlitz!!

Der Veterinär kauft an einer fliegenden Zeitungsbude die neueste Nummer seines Leibblattes.

Leitartikel: Die deutsche Einheit.

*

Ein Meter Satin

Meine Frau braucht Futter — — Futter zu einer Bluse und geht zu diesem Zwecke in ein Geschäft, in dem sie seit langem zu kaufen pflegt.

„Ich möchte einen Meter dunkelgrünen Satin."

„Ham Sie Bezugsschein?"

„Nein."

„Ja — so darf ich Ihnen höchstens Seide geben."

„Die kostet?"

„Sechs Mark."

„Hm. Wo bekomme ich den Bezugsschein?"

„In der 26. Bezirksschule."

Bis dahin, das ist ein Weg von einer Stunde.

Meine Frau macht sich auf nach der Schule.

Dort muß sie sehr lange warten. Bis halb fünf.

Um drei ist sie von zu Hause fort.

Endlich kriegt sie einen Bezugsschein, einen unausgefüllten.

Sie bittet, da sie es eilig hat, um den Federhalter.

„Nein," sagt die Beamtin, „das müssen Sie zu Hause ausfüllen."

„Ach? Und dann soll ich noch einmal herkommen und den Schein abstempeln lassen?"

„Freilich."

Meine Frau geht, stellt sich auf die Straße und gibt einem Jungen, der aus der Schule kommt, fünf Pfennige, auf daß er ihr seinen Federhalter borge.

Sie geht mit dem Halter wieder in das Amtslokal, taucht fröhlich in das Tintenfaß und füllt den Schein aus.

Die Beamtin schreit: „Das gibts aber nich!"

„Anscheinend doch."

Der Schein ist ausgefüllt, da ist nichts zu wollen.

Hierauf wartet meine Frau geduldig, bis sie an die Reihe kommt.

Es schlägt sechs.

Eine alte Dame nimmt den Schein ab und stellt ein polizeiliches Verhör an:

„Haben Sie schon mal was gekauft?"

„Nein, nie."

„Sind Sie es selbst?"

„Das weiß ich nicht. Um drei war ich es noch."

Die alte Dame nimmt dies gewissenhaft zu Protokoll.

„Wo wohnen Sie?"

„Nebenan.".

„Wer bezahlt den Satin?"

„Das steht noch in weitem Felde."

„Also Ihr Mann?"

„Ja.“

„Ist Ihr Mann im Felde?“

„Ja — bei einer Munitionskolonne, aber ich habe eine kleine Katze, die hört auf den Namen Schnirf.“

„Es ist gut. Das brauche ich nicht zu wissen.“

„Nein?“

„Nein!“

Das Verhör ist aus.

Alles das um einen Meter Satin!

Der Schein wird abgestempelt, und meine Frau wandert hurtig von dannen.

Kurz vor sieben steht sie in dem Geschäfte, in dem sie schon einmal — ohne Bezugsschein — war.

Sie weist den Schein vor und verlangt den Meter Satin.

„Tut mir leid,“ antwortet die Verkäuferin, „Satin gibts nicht mehr. Schon seit drei Wochen nicht.“

Meine Frau stand da — mit ihrem Bezugsschein.

Was nützt der schönste Bezugsschein, wenn man nicht beziehen kann?

Nichts, gar nichts. —

Meine Frau ging heim. Mit ihrem Bezugsschein.

Es war sieben durch.

Seit dreien stand ein Topf mit Aepfeln auf dem Gas — mit Aepfeln, die zu Mus kochen sollten.

Seit dreien!

Du großer Gott!!

Aber das Mus war vorzüglich und entschädigte für den nicht bezogenen Satin.

Wir haben nämlich einen Gasautomaten, und der Groschen, der darinnen steckte, war „abgelaufen".

Es hat seine Vorteile, im Zeitalter der Automaten zu leben, ei jawohl!

*

Geburtstagsfeier 1917

Das Geburtstagskind hat man sich als ein zweiund-
zwanzig Jahre alt gewordenes Frauchen vorzustellen, das
mutterseelenallein schaltet und waltet, da der Mann im
Felde und das Dienstmädchen in der Munitionsfabrik ist.

Früh um fünf steht die kleine Frau keineswegs auf;
denn das hätte wenig Sinn.

Auf das Gold im Munde der Morgenstunde, das
übrigens der Reichsbank gehört, verzichtet sie und schläft
bis ein halb acht Uhr.

Möglicherweise hätte sie noch länger geschlafen. Aber
es klingelt.

Das ist der Briefträger. Er bringt zwei Briefe und
vier Karten.

Die kleine Frau, die im Schlafrocke geöffnet hat,
kleidet sich an.

Um acht klingelts: die Flurnachbarin bringt einen
Strauß roter Rosen.

Halb neun Uhr klingelts: die Mädchen aus dem dritten Stock bringen jedes einen Strauß Rosen.

Sie kriegen ein Stück Kriegskuchen und bleiben bis
um neun.

Da klingelts.

Das ist die Schwägerin Fränze, die einen Buschen Feuerlilien bringt und ein Stück Kuchen kriegt.

Halb zehn klingelts.

Das ist die Köchin der Schwiegermutter. Die bringt einen Blumenstock: eine Fuchsie.

Fuchsien haßt die kleine Frau.

Die Köchin kriegt ihr Stück Kuchen.

Ein viertel elf klingelts.

Das ist der Bruder, der zufällig von der Westfront kommt.

Er hat an den Geburtstag gedacht und reicht einen Strauß Tuberosen dar.

Selbstredend lädt er sich zu Mittag ein.

Halb zwölf klingelts: die Tante Paula mit ihrem Jüngsten und einem Blumenstrauße.

Sie kriegen ihren Kuchen. Der Bruder ißt „zur Ge= sellschaft" ein Stück mit. Paula und das Kleinste zittern wieder ab, und die Mittagsmahlzeit wird eingenommen.

Ein viertel eins klingelts:

Der Mann vom Elektrizitätswerk will den „Strom" ablesen.

Kriegt keinen Kuchen.

Halb eins klingelts:

Der Gasmann holt die Groschen aus dem Automaten.

Kriegt ebenfalls keinen Kuchen.

Dann reist der Bruder weiter.

Ein viertel zwei klingelts:

Die Hausmannsfrau mit ihren sämtlichen Kindern.

Der älteste, der Gustav, besorgt ab und zu die Wege für die kleine Frau. Von ersparten Geldern hat er einen großen Strauß Pfingstrosen erstanden.

Er strahlt.

Die Lene, drei Jahre alt und blond gelockt, hält krampfhaft einen Rosenstrauß mit den zehn Fingerchen fest.

Die Mutter gibt ihr einen Schubbs:

„Na, Lenchen! Was sollst Du sagen?"

Lenchen guckt die kleine Frau von ganz unten an und spricht mit vorwurfsvoller Stimme:

„Liebe, liebe Burtstag!"

Und fabriziert ein Knirchen.

Sie kriegt zur Belohnung ein Stück Kuchen.

Desgleichen die restlichen fünf Gratulanten.

Hierauf ziehen sie tiefbefriedigt ab.

Um zwei klingelts:

Die Else mit einem Strauße Pfingstrosen.

Die Else ist die Freundin der kleinen Frau.

Sie kriegt ein Stück Kuchen und verspricht, abends wiederzukommen. Ab.

Ein viertel drei klingelts.

Das ist die Frau Metzger mit ihrer Ilse.

Frau Metzger führt das Kräutergewölbe an der Ecke.

Sie bringt einen Strauß Rosen.

Die zwei kriegen je ein Stück Kuchen, verzapfen das erforderliche Gespräch und schwirren danach ab.

Um drei klingelts: der Briefträger.

Er bringt eine Karte und drei Briefe.

Um vier klingelts.

Das ist Hilde, die Schulkameradin der kleinen Frau.

Sie bringt — o Wunder! — keine Blumen mit, kriegt aber trotzdem ein Stück Kuchen.

Hilde und die kleine Frau plauschen miteinander.

Halb fünf klingelts: Hildes jüngere Schwester mit einem selbstgeflochtenen Körbchen voller Kornblumen.

Sie kriegt Kuchen.

Um fünf klingelts: Hildes große Schwester und ihre Mutter. Mit Blumensträußen.

Sie kriegen Kuchen.

Ein viertel sechs klingelts: Fräulein Pfanne. Das ist die Braut des Freundes des Mannes der kleinen Frau.

Sie bringt einen Topf mit Rosen und darf den Rest des Kuchens in sich hineinstopfen.

Das Geburtstagskind hat keinen verzehrt.

Zum Glück.

Denn am folgenden Tage mußten alle, die davon gegessen hatten, das Bett hüten.

Es war ja Kriegskuchen gewesen!

*

Der Erfinder

Der Wackere, der das Pulver erfunden hat, iſt einer jener Wackeren, von denen man ſagt: „Der hat das Pulver auch nicht erfunden!“ Denn hätte er das Pulver unerfunden gelaſſen und ſeinen tüftleriſchen Sinn anderen Dingen zugewendet — — — „hätte“! „Hätte“!

Das Pulver iſt nun einmal da, geſchehen iſt geſchehen, und wir haben es auszulöffeln.

Die Redensart „Das Geld verpulvern“, die mir beim Anblick jedes Feuerwerkes einfiel, iſt mir nie ſo klar geweſen wie in den jetzigen Zeitläuften, wo die Knallerei geradezu unliebſam überhand genommen hat.

Dieſe Zeitläufte haben indes den nicht zu unterſchätzenden Vorteil, daß manches Erfindertalent, das in der Stille ſich gebildet hat, zum vollendeten Charakter im Strome der Umwelt ausgebaut wurde.

So Herr Jonas Doppelkugel, der mit Fug und Recht ein Bahnbrecher genannt zu werden verdient, obwohl er ſeinen kompletten Charakter in aller Verborgenheit vor ſich hinblühen läßt.

In unſeren Tagen, wo der Kulturſtand eines Volkes leiber nicht mehr nach dem Seifenverbrauch gemeſſen

werden kann, ist es mit doppelter, ja mit dreifacher Freude
zu begrüßen, wenn sich ein reger Geist in selbstloser, wahr-
haft uneigennütziger Weise dazu hergibt, die Hebung des
Kulturstandes zu ermöglichen.

Was? Wie?

Jawohl, ihr Leute: Jonas Doppelkugel hat nichts
weniger erfunden als den idealen, einzig vollwertigen
Seifenersatz „Seifol".

Das Pfund kostet allerdings . . . . pst! (Ist ja belang-
los, was das Pfund kostet!)

Nachdem nun Jonas Doppelkugel das „Seifol" erfunden und auf den Markt gebracht hatte, ließ ihn der
Erfinderteufel nimmer schlafen. Er zwackte ihn und zwickte
ihn, bis Jonas, der Seifolkönig, etwas Neues heraus-
geknobelt hatte.

Das war „Salatol".

Erst war es anders getauft worden, weil es als
Maschinenschmiere abgesetzt werden sollte, doch hatte ein
Angestellter der Firma J. Doppelkugel den schlechthin
genialen Einfall, den Kleister in verdünntem Zustande als
Salatöl-Ersatz auszugeben.

Der Mann erwirkte sich auf der Stelle und unter
Ausnutzung der Situation eine lebenslängliche Prokura
und erfand seinerseits mit unvergleichlichem Geschick einen
Druckfehler.

Was? Einen Druckfehler?

Jawohl: einen Druckfehler!

Doppelkugel selbst hatte nämlich mit primitiver Phantasie den Oel-Ersatz „Salatol" betitelt — — — der frisch beförderte Prokurist erfand zwei Strichelchen und offerierte freibleibend primissima ff. „Salatöl".

Ha, wie da Doppelkugels Weizen blühte!

Die Händler und die Zwischenhändler rissen sich um das „Salatöl".

Plumps, ging die Sache schief.

Und das war so:

Doppelkugel hatte an S. Rachmann ungeheure Posten verkauft; S. Rachmann war liiert mit R. Zopfkopf; R. Zopfkopf lieferte an B. Honig; B. Honig (Grossist) stand in geschäftlicher Beziehung zu F. Schmidt und Sohn; und F. Schmidt und Sohn bediente die Delikatessen … Pardon! … äh … Verzeihung! .. die Feinkosthandlungen einer Großstadt, darunter die eines gewissen F. Zaß Nachf.

Nun hatte sich Frau F. Zaß Nachf. mit der ältesten Tochter F. Schmidts und Sohn überworfen, und so gerieten die Strichelchen über dem o vors Gericht.

Wie eine Hand die andere wäscht, so kann auch eine die andere schmutzig machen.

Na, und so war's hier.

Jonas Doppelkugel entwischte mit einem blauen Auge

und ebenſolchem Lappen, aber der neugebackene Prokuriſt
wanderte ins Loch.

Nun ſitzt Herr Doppelkugel daheim und erfindet die
erſtaunlichſten Erſatzartikel, und zwar ganz für ſich allein.

Zur Zeit arbeitet er an einem . . . . Ihr werdet bald
das Nähere erfahren!

*

Wunder

Sigismund Treufels war ein Eierhändler, der sich schlecht und recht durchs Leben plackte. Große Sprünge leistete er sich nicht; bescheidentlich stand er zur Welt und kaufte Eier ein, um sie zu verkaufen, ohne sich dabei etwas Großzügiges zu denken.

Als der Krieg ausbrach, blickte er auf ein beträchtliches Eierlager, wobei er sich eines tiefbefriedigenden Gefühls nicht zu entschlagen vermochte.

Er hielt den Vorrat mit Wohlbedacht zurück, um einen größtmöglichen Profit herauszudrücken.

Aber er besaß nicht genug Stetigkeit des Charakters, günstige Konjunktur zu erwarten, sondern schlug die Eier los, ehe die Zeit erfüllet ward.

Der Reingewinn, den er erzielte, konnte sich trotzdem sehen lassen, und in dem Eierhändler Treufels erwachte ein Geist der Unternehmungslust, also daß er sein Interesse militärischen Dingen zuzuwenden begann.

Und siehe, eines Tages machte er in Salzbeuteln, Koppelschlössern, Reithosenbesätzen, Brotbeuteln.

Nun war Sigismund eine durchaus ehrliche Haut, und ein ethisches Etwas in seinem schlichten Inneren ſträubte ſich heftig, Geſchäfte zu machen, wo es galt, dem Vaterlande zu dienen.

Sigismund Treufels lieferte ohne irgendwelchen Nutzen.

Sigismund Treufels lieferte als Chriſt, mithin als Altruiſt. Und da er, billig und ſolid, wie er war, mit Aufträgen ſtaatlicherſeits überladen ward, ſo hatte er in wenigen Wochen Sack und Seele zugeſetzt. Vor Kriegsbeginn hätte man geſagt: er ſah ſich vis-à-vis du rien. Auf gut Deutſch: er ſtand vor der Pleite.

Vor der Pleite ſtehen iſt ein mißliches Gefühl, aber unſeren Sigismund däuchte es ſüß und ehrenvoll, für das Vaterland den Bankerott zu erleiden: er hatte dem Staate ungezählte Brotbeutel und Reithoſenleder geliefert und hatte dabei keinen Pfifferling verdient.

Der Staat, der bei alledem gut weggekommen war, ſah ſich in der harten Lage, dem Lieferanten ſeinen Gerichtsvollzieher auf den Hals ſchicken zu müſſen: ein Staat kann weichen Regungen nicht zugänglich ſein, und er läßt ſeine Beamten walten über Gerechte und Ungerechte.

Die patriotiſchen Gefühle Sigismunds gerieten gänzlich in Verwirrung. Mit einem Stricke in der Hand begab er ſich aufs Kloſett, um ſich daſelbſt raſcheſtens zu entleiben.

Auf dieſem im allgemeinen ungeeigneten Orte erſchien indeſſen dem lebensüberdrüſſigen Kriegslieferanten eine unbeschreiblich holde Fee, die nicht ohne Schmelz Folgendes sprach:

„Sehr geschätzter Herr Treufels! Unterm heutigen gestatte ich mir die ergebene Mitteilung, daß man höchsten Orts mit Rührung von Ihrem selbstlosen Tun Kenntnis genommen hat. Was der Staat an Anerkennung Ihnen versagt, das wettzumachen wird sich eine ideale Macht beeilen. Empfangen Sie hiemit den Ausdruck unserer vollkommenen Hochachtung sowie die durch mich als dienstbeflissenen Sendboten überbrachte Freudenkunde, daß sich an Ihnen ein Wunder zu vollziehen bereitet, das reichlich einbringen wird, was Sie geopfert. Dem Verdienste seinen Taler. Eine sehr geschätzte Rückäußerung Ihrerseits ist nicht vonnöten, und seien Sie ersucht, das Wunder gefügig über sich ergehen zu lassen.“

Hierauf verschwand die Fee hochachtungsvollst.

Sigismund flitzte sofort nach der nächsten Gastwirtschaft und nahm unterschiedliche Gläser Bier zu sich.

Allein welche Feder vermöchte sein Erstaunen zu schildern (dieser obligaten Phrase vermag ich mich nicht zu entwinden), als er — den Geldbeutel zwecks Bezahlung ziehend — das Zehnfache seiner Barschaft vorfand.

Ganze zweiundachtzig Pfennige wußte er sein Eigen — — — acht Mark und zwanzig Pfennige lagen in dem Fache!

Sigismund zahlte und kehrte kopfschüttelnd heim.

Er setzte sich an seinen Schreibtisch, zog die Börse und schüttete ihren Inhalt aus.

Das Geld hatte sich abermals verzehnfacht!

Acht Mark zwanzig waren es gewesen. Sieben Glas Bier hatte er bezahlt. Dazu zwanzig Pfennige Trinkgeld. Rest: fünf Mark neunzig — — — und akkurat neunundfünfzig Mark lagen auf dem Schreibtische!!

Dies war das angekündigte Wunder, kein Zweifel! Aber das Wunder wirkte weiter.

Als Sigismund in der Nacht halb drei neugierig und traumverwüstet aus dem Bette stieg, um seine Barschaft zu prüfen, fand er fünfhundertundneunzig Mark vor.

Er nahm den Geldbeutel mit ins Bett und legte ihn unter das Kopfkissen.

Allein er brachte es nicht über sich, einzuschlafen, ohne noch einmal nachgesehen zu haben — — er wagte nicht, an die Wiederholung des verzehnfachenden Wunders zu glauben . . . . . fünftausendneunhundert Mark bildeten den Inhalt der Börse!

Ich will mich kurz fassen: am nächsten Morgen — Sigismund hatte unterdessen zweimal seinen Geldbestand untersuchen müssen — am nächsten Morgen gab es einen halben Millionär mehr auf der Welt. Und um die Mittagsstunde schritt Herr S. Treufels als v i e l f a c h e r Millionär die Treppe hinab, um zum Mittagessen zu fahren.

Das Wunder wirkte noch ein paar Tage. Dann schlief es ein.

Sigismund war durch das Wunder reich geworden und besaß auf den Pfennig so viel Geld, wie er hätte verdient haben können, wenn er mit den Usancen seiner liefernden Kollegen gearbeitet hätte.

Der Himmel ist gerecht, und Sigismunds edle Gesinnung ist mit Gold aufgewogen worden.

Laßt uns um unsrer aller christlichen Gesinnung willen annehmen, daß die Kriegslieferanten samt und sonders durch ähnliche Wunder reich geworden sind.

*

Inhalt

	Seite
Der Floh	1
Wolle	6
Alarm	8
Der Orden	15
Die Bescheinigung	17
Sachlicher Bericht	19
Der Dorfschulze	20
Schnulpe	29
Im Quartier	31
Stille Komik	32
Der Feldgraue und Peter Schlemihl	33
Nacht	36
Eingedenk	40
Gemeinheit	42
Regen in Galizien	44
Die Gans	46
Geschäft is Geschäft	49
Handel	50
Konjunktur	52
Das Ewig-Weibliche auf einem galizischen Bahnhofe	55
Schleim	63
Wie mich ein russischer Flieger geärgert hat	65
Hinter der Front	70
Die Wohltätigkeitsveranstaltung	72
Zwischen Preußen und Sachsen	78
Ein Meter Satin	83
Geburtstagsfeier	87
Der Erfinder	91
Wunder	95

Hans Reimann
Die Dame
mit den schönen Beinen
und andere Grotesken

Mit Umschlag von E. Preetorius

8. Auflage / Geh. M. 3.—, geb. M. 4.50

———◆———

Der „März“:

„Hans Reimann ist vorurteilslos: nichts ist ihm unheilig. Darauf beruht sein Können. Er hat die Tragik des Alltäglichen entdeckt, fand sie abgenutzt, wollte sie wenden — und fand Komik. Wer kann dafür? Der Bürger. Er hätte die Alltäglichkeit nicht abnutzen sollen. Er hätte sich nicht auf Gebräuche festlegen sollen: Reimann brandmarkt sie als Mißbräuche. — So schwindet viel Blödsinn. Roda Roda und seine Kollegen werden, wenn sie wieder nach Hause kommen, sich ein ganz neues Gebiet suchen müssen: den Platz, da sie grasten, hat Reimann gemäht.“

Georg Müller Verlag München

Das Buch der Grotesken

Eine Sammlung phantastischer u. sati-
rischer Erzählungen a. d. Weltliteratur

Herausgegeben von F. Lorenz
Mit 10 Bildern von F. Heubner
6. Auflage / Geheftet M. 4.—, gebunden M. 6.—,
Luxusausgabe M. 20.—

Berliner Tageblatt:

„Diese Sammlung bescheidet sich nicht wie die meisten ihrer
Art damit, nach gewissen rein stofflichen Leitmotiven mehr oder
minder reizvolle Blüten der Weltliteratur zu einem unterhalt-
samen Ganzen zusammenzubinden. Sie versucht, gewissermaßen
einen Bezirk des literarischen Schaffens zu umreißen, dem sich
das Interesse dieser Zeitläufte stärker als das vergangener zugewendet hat. Aus dem unermeßlichen Reichtum der Jahrhunderte,
aus dem Phantasieschatze toter und lebender Literaturen hob
Lorenz mit Geschmack und sicherer Hand Prosastücke heraus, an
denen er die Merkmale des Grotesken feststellt. Im ganzen ist
ihm das auch trefflich gelungen. Die Lorenzsche Sammlung, der
F. Heubner zehn stimmungsgemäße Illustrationen beigab, darf
zu den besten ihrer Art gezählt werden, zumal da sie es verschmäht,
lediglich Unterhaltungslektüre zu bieten, und in ihrer Gesamtheit doch zu der Erkenntnis des Grotesken in der Kunst beiträgt."

Georg Müller Verlag München

Druck von Mänicke und Jahn in Rudolstadt